竹取物語

星 新一＝訳

角川文庫 15242

目次

本文イラストレーション　片山若子

竹取物語（口語訳）

星 新一 訳

一、姫のおいたち

むかし、竹取りじいさんと呼ばれる人がいた。名はミヤツコ。時には、讃岐(さぬき)の造麻呂(みやつこまろ)と、もっともらしく名乗ったりする。

野や山に出かけて、竹を取ってきて、さまざまな品を作る。笠(かさ)、竿(さお)、笊(ざる)、籠(かご)、筆(ふで)、箱(はこ)、筒(つつ)、箸(はし)。筍(たけのこ)は料理用。そのほか、すだれ、ふるい、かんざし、どれも竹カンムリの字だ。自分でも作り、職人たちに売ることもある。竹については、くわしいのだ。

ある日、竹の林のなかで、一本の光るのをみつけた。ふしぎなことだと、そばへ寄ってよく見ると、竹の筒のなかに明るいものがあるらしい。

その部分を、ていねいに割ってみる。手なれた仕事だ。なかには、手のひらに乗るような小さな女の子が、すわっていた。まことに、かわいらしい。

じいさんは、つぶやいた。

「竹とは、長いつきあいだ。高いとこ、滝のちかく、たくさんの竹、指にタコ。竹はわたし、わたしは竹。うちの子にしてもいいと思う」

両方の手のひらで包むようにして、家へ連れて帰った。妻のおばあさんに、わけを話して育てさせた。

ずっと子に恵まれなかった老夫婦。それに、あいらしく美しいのだから、心の込めかたがちがう。竹の製品は、お手のものだ。ゆりかご用の小さな籠、留守中にネズミが近付いたりしないように、かぶせる籠。いろいろ頭も使った。

じいさんは、その日から、珍しい竹に出会うようになった。節と節とのあいだの筒に、黄金が入っているのだ。なにか、ぴんとくるものを感じるので、それとわかる。そのおかげで、しだいに金持ちになっていった。

この子は、日がたつにつれ、若い竹のように、すくすくと大きくなっていった。三ヵ月ぐらいで十三、四歳ぐらいの、普通の娘と同じほどに。髪をたらし適当に切っただけの子供あつかいではと、前髪を上にあげ、たばねてうしろへたらすようにした。

おとなっぽくなった。また、女性用のハカマを着けさせた。裳と呼ぶもの。外出させないどころか、すだれで囲った部屋を作り、そのなかで大事に育てた。それを建築する

ぐらいの金はあるのだ。

わが子という思いを除外しても、その顔つきの、きよらかで美しいことは、人なみでなかった。日のささない家のなかでは、暗い場所があっていいのに、光がみちあふれているようだ。

精神的にも、明るさがただよっていた。竹取りじいさん、気分が沈んだり、疲れて苦しさを感じたりする時も、この子を見れば、それらは消えてしまう。怒りを感じた時も、それがおさまる。

仕事に出かけるたびに、じいさんは黄金の入った竹を持ち帰る。そのため、かなりの財産ができた。むかしは長者と呼んだものだ。家事を手伝わせる人も雇った。

娘も成人といっていいほどになったので、名をつけさせようと思った。じいさんは、秋田という男を呼んだ。御室戸で神主をやっている。

「この子に、いい名をつけてくれ」

「なよ竹の、かぐや姫がいいだろう」

なよ竹とは、ほっそりと、しなやかの意味を持つ。かぐや姫とは、きらめき輝くように見えることから。

それから、三日にわたる大宴会。成人を知らせ、祝うためだ。近郊の人たち、遠くても成人した男性はなるべく招待した。ごちそうを出し、酒をすすめる。歌う人も出る。笛、笙（しょう）、そのほか管楽器。ひちりきだって、もとは竹のついた漢字だ。小さいのは篠（しの）笛（ぶえ）。箏（こと）は当時の弦楽器の総称。

竹取りじいさん、姫をみなに見せて自慢したいし、ほかの男の目に触れさせたくないし、複雑な気分。しかし、かくしたままでは、なんの会かわからない。最も盛りあがった時に、声をかけた。

「みなさん、かぐや姫です」

すだれを、さっとあげる。一瞬、静まりかえる。あまりの美しさ。ころあいをみて、すだれをおろし、もとのようにする。

「もっと見せてくれよ」

「いま、お見せしたでしょう」

酔った上での幻と感じた人も多かったろう。そのため、だれも帰宅し、いかにすばらしい姫だったか、話してまわる。大げさになりながら、うわさがひろまる。

聞かされたほうは、想像力でふくらませ、あこがれる。この目で見たいものだ、わがものとしたいものだと、やってくる。男性なら、地位も職業も関係なしに。

姫の家の門のそばに住む人も、垣根の近くの人でさえ、容易に見ることはできないのだ。それなのに、男たちは暗くなっても眠ろうとせず、闇のなかで垣根ごしにのぞこうとしたり、垣根に穴をあけようとしたり、大声をあげたりする。

それを「よばい」とからかう人も出た。本来は「呼ぶ」の変化だが、よき女性をめざして、装って夜に寄ってくることまで広めたのだ、という話だが。

ちょっと、ひと息。

竹とはねえ。その目のつけどころがいい。発想といったものでなく、もう感覚的に神秘性がある。二十四時間で一メートルも伸びることもあるのだ。

パンダの食べ物に不可欠なのだ。どんな成分かは、まだ研究が進んでないようだが。ロンドンの動物園のパンダには、どこから運んでいるのだろう。

発明王エジソンが、電球を作ろうとした時、内部のフィラメントに、適当な物質がない。片っぱしから試みたが、どれもうまくいかない。ついに日本から竹を取りよせ、それを細くして炭化させ、はじめて電気を光に変えた。

この『竹取物語』は、そんなことよりはるか昔、西暦九〇〇年の少し前ごろに作られた。『源氏物語』のなかで、紫式部が日本最初の小説と書いている。

はじめに、竹カンムリの字を並べたが、そのほかにも各種ある。笑など、なぜ竹に関係しているのか、わからない。物語というものは、竹のようなものか。

筋はストーリー。筈は展開。策は着想。算は構成。第は次第であり、順序。等や符は大きな乱れのないこと。

箇は、よけいな部分のないこと。箔は、しゃれた文体。節は、区切り。答は結末。名作は範か。籍や簿は、分類のことか。メモは便箋に。常用漢字では編だが、以前は篇の字が使われていた。

たまたま、そうなっただけだろう。新説を主張するつもりもない。なにかの話題のきっかけになればと。

では、話を進めるか。

二、姫の望み

相手にしてくれないので、近くをうろついても、どうにもならない。姫の家の手伝いの人に、取り次いでほしいと話しかけても、いい返事はない。

それでも、生活に余裕のある男たちは、夜も昼も、手がかりを求めて、そのあたりで何日もすごした。

「これは、だめらしいな。こんなことに時間をかけるのは、どういうものか」

帰ってゆく人も、少しずつふえていった。原文では彼らを「おろかなる人」と形容しているが、賢明な人と呼ぶべきかもしれない。しかし、想像力の点では不足ぎみか。

幻の美女に、会えもせず、話もせずに帰れるか。人生は、なんのためにある。いかなる方法を使っても、わがものとしてみせる。自分はいままで、どの女性にももててきた。ここだけ例外のはずはない。

熱意あふれるというべきか、うぬぼれの強い自信家というべきか、最後に五人が残った。あきらめることなく、夜昼かまわず、通いつめる。

石作の皇子。

庫持の皇子。

右大臣の阿部の御主人。

大納言の大伴の御行。

中納言の石上の麻呂足。

皇子とは、帝の親類のこと。あとの官職名の説明は省く。要は、身分のいい人たちばかり。生活を心配することなく、恋に熱中出来る立場というわけだ。

だれも、美女がいるとの話を耳にしただけで、かけつけて、くどきたくなる。さほどでもない場合であっても。そういう人も、いるんだね。

最後の五人。この分野の実力者たち。ここであきらめては、過去の名声に傷がつく。なにしろ、いま最高の女性、かぐや姫だ。なにしろ、まず実物を見なくては。

食欲はなくても、感情は高まる一方。姫の家へ日参し、たたずんだり、歩いたり。なんの進展もない。手紙を出しても、返事はない。恋しさを和歌にあらわし、送ってみても手ごたえがない。

むだと思っても、出かけてしまう。冬の水が凍り、雪の降る季節。夏は熱い日光が、照りつけ、雷も鳴る。京都のあたりの冬と夏は一段とひどいのだ。

この五人、抜けがけは無理と知った。最後は実力としても、とりあえずは共同戦線。竹取りじいさんを呼びだして申し出た。

「娘さんを、ぜひ、わたくしに」

一同、頭を下げ、手を合わせてたのんでみた。じいさん、首を振る。

「わたしたち夫婦の、実の子ではありませんので、あれこれ、さしずめいたことも言いにくいのです。おわかり下さい」

こんな返事では、どうしようもない。変化のないまま、月日がすぎてゆく。

日参する一方、神仏に祈って加護を求める人もいる。逆に、いっそ姫へのあこがれを忘れさせてほしいとの祈願をする人もいたが、心はおさまらない。

「どういうことなのだ。いつまでも、ひとりのままにしておくのか。なぜ成人の会をやり、大ぜいの人を呼んだのだ。それは、絶対にだめではないからだろう」

つぶやき、それをはげましとし、かよいつめる。熱意をみとめてもらうには、これをつづけるしかない。

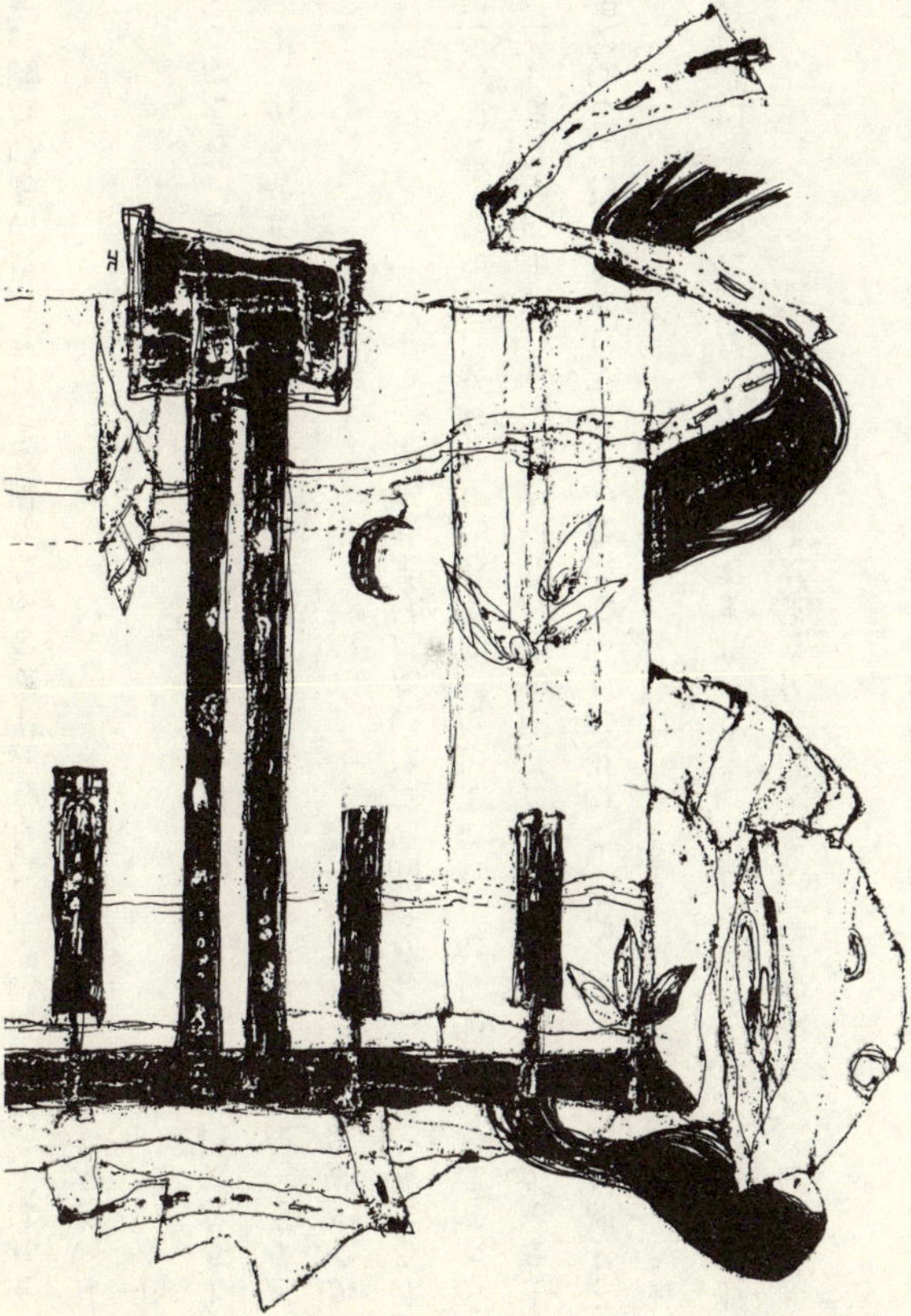

こうなると、ただごとではない。竹取りじいさん、考えたあげく、かぐや姫に話しかけた。

「おまえは、わが家の宝、いや大切な仏さまだよ……」

姫がこの家に来てから、豊かになり、心までなごやかになったのだ。口調にだって、それがあらわれる。

「……神か仏が姿を変えて、この世においでになったのでしょう。わたしは父親ではありませんが、なにかのご縁で、ここにお連れし、お育てし、いまに至りました。病気にかかってはと、心配したりもしました。このあたりもお察しいただいて、わたしの申し上げることを、いちおうは聞いてはいただけませんか」

かぐや姫は、軽くうなずく。

「どうぞ、なんでもおっしゃって下さい。親子のあいだではありませんか。ずっと、そのような気持ちでおりました。自分のことを、神や仏のなにかなど、考えたこともありません」

じいさん、少しほっとして言う。

「それは、ありがたい。わたしも五十歳をかなり過ぎました。長いあいだ働いて、疲れもたまっております。この先、どれぐらい生きられるかわからない。あとのことが、心配なのです」

「なんのことなの……」

「ある年ごろになると、男は女のかたと結婚し、女は男のかたと結婚する。これが、世のならわしです。それによって、子も出来、一族が栄えることになります。わたしは生きているうちに、そのお世話をすませたい。どうでしょう、男のかたをお選びになりませんか」

すると、かぐや姫は表情も変えずに言った。

「そうしなければならないって、なぜですの。わかりませんわ」

あまりのことに、竹取りじいさん、口ごもった。理由など、考えたこともない。しかし、だまったままでもいられない。

「やはり、なにかの生れかわりかもしれませんな。奇妙なことを、お聞きになる。しかし、それはどうであろうと、あなたは人間の女性の姿だ。それらしく、ふるまわなければいけません」

「そういうものですか」

「はい。わたしの生きているうちは、いまのままでもいいでしょう。身のまわりのお手つだいを、してあげられます。しかし、女ひとりでの生活となると、不可能です。その相手がいないわけではない。長い年月、何人もの男が、姫をめざし、ここへ通いつづけています。それは、ご存知でしょう。熱意があります。そのなかの、おひとりの愛をお受けになったらいかがでしょう」

姫も答えなければならない。

「わたし自身、それほどの美人と思っておりません。ですから、軽々しくきめたくないのです。その人の本心がよくわからず、いっしょになる。あとになって、ほかの女性を好きになったりされたら、後悔することになります。世の中での地位が高い人だからといって、心の奥まではわからない。そこで、ためらってしまうのです」

じいさん、それも一理あると感心した。

「それは、ごもっともです。わたしも、そう思います。しかし、女の立場で考えたことがないので、わたしには見わけようがない。どんなかたをお好みですか。あの五人の男、どなたも愛情の深い性格と思いますが。なにか、いい案がありましょうか」

「心の底は、外見だけではわかりません。熱心さでは、どのかたも同じようです。どなたとも申せません」

「では……」

「五人のかたに、それぞれ、見たいものを告げましょう。それをやって下さったかたを、最も好意のあるかたとして、おつかえいたすことにしましょう。みなさんに、そうお伝え下さい」

「それで満足なさるのでしたら、けっこうでしょう」

これで、いくらかの進展がみられるだろう。

そとでは、いつものように五人の男が集まっていた。それぞれ、なにかやっている。笛を吹く者。作った和歌を読みあげる者。曲をつけて歌う者。口笛を吹く者。扇子でなにかをたたき、拍子をとる者。

てんでんばらばら、しかも本気。このおかしな眺めも、やっと終りになるわけかと、竹取りじいさん、門から出ていって、みなを集めて話した。

「みなさん、ご立派なかたがた。このようなつまらぬ家のそばに、長い年月、おいでいただいて恐縮でございます。まずは、ありがたいことと、お礼を申します」

「ご返事があるとは、珍しいことですね」

「姫に申し上げたのだ。あなたがたのことでね。わたしの寿命も、いつまでもつか保証できない。いまなら、熱意のある五人のかたがおいでになる。どなたかを選んで、おつかえなさるのがいいでしょうと」

「よく、申し上げて下さった。で、それについて姫は」

「すぐ断わられるかと思っていたが、そこがわたしの持ちかけかただ。姫は答えてくれた。どなたさまもいいかたで、きめるのに迷ってしまいます。じつは、見たいと望んでいる品があるので、それぞれの方に申します。持ってきてくださったかたが、最も好意を持っているといたします、とのことだ」

「うむ」

「仕方ないし、公平と思える。力が不足だった人は、あきらめもつくだろう」

「それもそうだな」

五人もなっとくした。竹取りじいさんは、その品を聞いてくるからと、ひとり家に戻って、かぐや姫に言った。

「やってみるそうです。その品物をおっしゃって下さい」

「石作(いしづくり)の皇子(みこ)には、み仏の石の鉢(はち)という品を、持ってきていただきたいのです」

「はあ」

お釈迦（しゃか）さまが悟りを開いた時、石で作られた鉢をお使いになっていたとされている。石作の名からの連想だろうか。天竺（てんじく）にあるという。インドのことだが、なぜか竹カンムリの字。

「庫持（くらもち）の皇子（みこ）には、東の海に蓬萊（ほうらい）という山があります。そこに生えている木で、根は銀（しろがね）、幹や枝は黄金、実は白い玉（たま）。それの枝をひとつ持ってきていただきたい」

「はあ」

蓬萊山には仙人が住み、夢のようなところ。このような木を、だれも貴重だとは思わない。

「阿部とかいう右大臣には、唐（から）の国にある火ねずみの皮でできた衣（ころも）をお願いします」

「はあ」

唐とは、中国。火ねずみの皮は、燃えることがなく、火によって、よごれが消え、さらに美しくなる。

「大納言（だいなごん）の大伴さんには、龍（りゅう）の首についている五色に光る玉をお願いします」

「はあ」

中国の古い書物の『荘子（そうじ）』にのっているという。

「中納言の石上（いそのかみ）さんには、つばめの持っている子安貝（こやすがい）。それをひとつ、おたのみします」

「はあ」

子安貝は安産の力を持つ。つばめはいい季節になると出現し、飛ぶのも速い。どこか神秘さがある。

「わかりました」

「それにしても、むずかしい問題ですね。この国のなかに、あるかどうかだ。あの人たちに話して、本気にしてくれるでしょうか」

竹取りじいさんは困ったが、かぐや姫は言った。

「やってみることです。むずかしいとは思わないわ」

と平然としている。常識が通用しないみたいだ。しかし、竹のなかから出てきた姫だ。あの五人のなかにも、常識以上の人がいるかもしれない。

「とにかく、いちおう話してみます」

じいさんは門を出て、姫の望みの品々を告げて、最後にこう言った。

「そういうわけです。ご成功なさるといいんですが」

おえらがたの男性五人、ため息をついた。

「夢にも考えなかった品々だ。いっそのこと、もう近づくなと、はっきり言ってくれればいいのに」

うんざりした足どりで、だれも帰っていった。

また、ひと息つく。

ゆっくりと読み、現代風の文に訳してゆくと、この物語が長く読まれ、現代に伝わってきた理由もわかる気がする。

かくも昔に、なぜ結婚しなければならないかと、答えようもない質問をした。かなりの驚きだったろう。常識を越えた思考は、物語に必要だし、聞いた人に忘れられない印象を残す。

大ぜいの男性。最後には五人の上流階級の男が残るが、女性にとっては、夢のような話。女性にも面白い話なのだ。

恋に恋するという言葉があるが、この五人は、それにひたっていた。気持ちよく、酔っていた。実在はすれど、まだ会えない幻の美女。想像はふくらむ一方。日参するぐらい、苦しくはない。その苦しさが、また想像をひろげるのだ。第三者には、奇異な行為と思われても。

だから、条件が示されると、ことは具体的になる。無限の想像が、有限となる。五人の思考も一変し、物語の進展も一転する。

なお。結婚と訳し、原文でも婚の字が使われているが、この五人、それぞれ正妻、さらには側室がいるはずだ。生活と、さらには、いくらかの楽しみを保証してくれる男性が、女性の望みだった時代だったのだ。

また、さすが平安時代。実力行使に訴えないのがいい。やったら、みもふたもない。そこも物語の魅力のひとつである。

では、話のつづきを。

三、み仏の石の鉢(はち)

毎日のように訪れても、意味のないことがはっきりした。かぐや姫を手にするには、まさに不可能に近いことをやらなければならない。

石作(いしづくり)の皇子(みこ)は、しばらくぼんやりとしたままだった。こんなふうに生きていても、楽しくない。なにか、することはないものか。あれこれ考えてみる。

その石の鉢とやらは、中国よりさらに遠い天竺(てんじく)にあるらしい。同じ地上に存在する。行けないことはない。しかし、この皇子は頭が悪いわけではない。

「気の遠くなるような距離を進んで、天竺に行ったとする。いくつもあるわけではなく、そこにひとつしかない鉢だ。持ち帰らせてくれるはずがない」

こう、つぶやくことになる。そのうち、計画は形をとってくる。

かぐや姫のところへ、手紙を出した。

〈これから、姫のために天竺へ出かけます。石の鉢を求めて〉

そして、三年の年月。

石作の皇子は、大和の国の十市の郡、そこの山寺に出かけた。み仏の前に、すすけて黒くなっている鉢をみかける。石で出来ている。古く、ありがたみがあり、ちょうどいいようだ。

「新しいのを寄進します。あれをいただけないでしょうか」

「ご好意はありがたい。どうぞ」

このままでは、つまらない。もっともらしく、錦の袋に入れ、造花をつけた。贈り物には季節の花をつけるのが習慣だが、花の少ない季節だったのだ。それを、かぐや姫の家にとどけた。

姫はその袋をあけた。本当に手に入れたとはねと、信じられない気分。鉢をのぞきこむと、和歌を書いた紙が入っていた。

海山の道に心をつくしはて
　な石の鉢の涙流れき

お望みの品を求めて、海を越え、山の道を歩きつづけ、心をすりへらす苦労をしまし

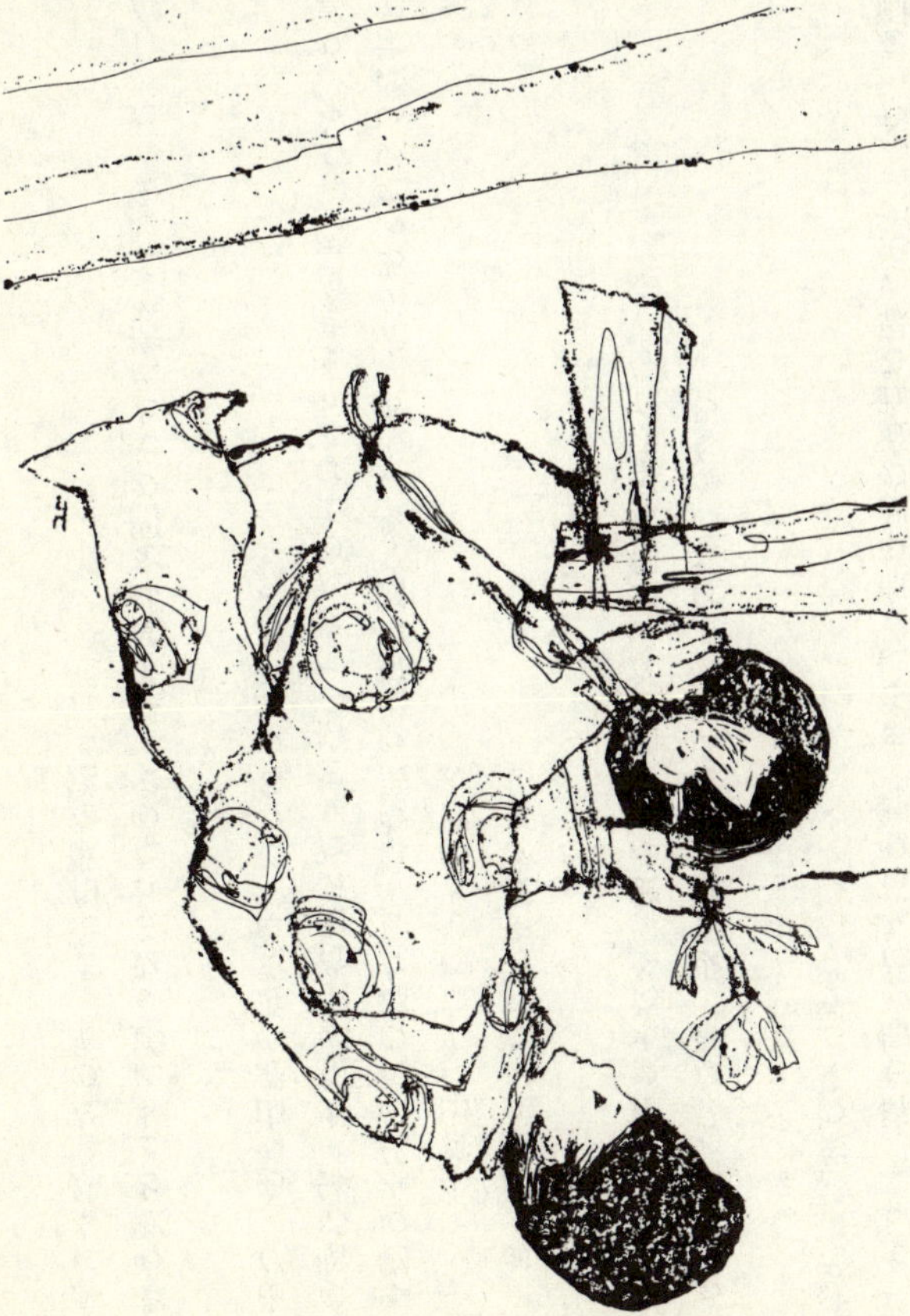

た。そして、持ち帰ったみ石の鉢。まさに、血の涙の流れる思いです。〃ち〃を両方にかけた、言葉のくふう。

「ありがたい品なら、少しは光っていいのではないかしら」

かぐや姫は見つめたが、蛍ほどの光もない。和歌を作った。

　　おく露の光をだにぞやどさまし
　　　小倉山にてなにもとめけん

本物のみ仏の石の鉢なら、草の葉の一粒の露ぐらいでも、光があっていいはずです。この暗い鉢。大和の小倉山あたりで拾ってきたのではありませんか。〃くら〃の言葉のあそび。あの山寺の近くに、この名の山がある。

その歌とともに送り返されたので、皇子は鉢を門のそとに捨ててしまった。しかし、いかにも残念なので、また和歌を送った。

白山（しらやま）にあへば光の失（う）するかと
　鉢を捨ててもたのまるるかな

お暗い山ではなく、あなたは、白く輝く山のようです。それと並んだので、鉢の光も目立たず、消えてしまったのです。わたしは鉢を捨てましたし、恥じています。しかし、わたしをお見捨てにならないよう、おたのみ申します。

かぐや姫からは、それへの返事はなかった。歌を作っても、とりついでもくれない。あきらめるしかない。ぶつぶつ言いながらも家に帰り、普通の生活に戻った。

鉢を捨てて、計略の失敗をみとめながらも、まだ、あつかましく言いよる。そのことから、こういったことを〈鉢を捨つ〉と言うのがはやった。恥は、昔は〃はぢ〃と表記したのだ。石の鉢だから、やけになって投げ捨てれば、割れて欠けるだろう。恥をかくといった意味だ。

ひと息。

出かけると知らせてから、三年間、皇子(みこ)は、どんな心境でいたのだろうか。熱狂的な恋から、現実的な恋へと変った。

それまでの似た体験のように、やれるだけやってみるといった気分だったろう。おとなしく三年間を待ったのではあるまい。ほかの女性を、くどきもしたろう。しかし、姫への可能性も、なくなったわけではない。それらしき鉢も、努力してさがしまわったわけでもない。なんとなく見つけた。ひとつ、これでやってみるか。しゃれた和歌をやりとりした。やはり、だめだった。恥をかいたといっても、十割を誇っていたのが、少し目減りしただけ。この皇子、それで心にけりがつき、あるいはい結果といえるかもしれない。とくに損害を受けたわけじゃないし。

物語を聞かされるほうも、そんな方法、皇子だからといって成功するはずがないと思いつつ、やはりその通り。つぎは、もっと高度の手段をとるだろうと期待。

そして、それは。

四、蓬萊(ほうらい)の玉の枝

庫持(くらもち)の皇子は、蓬萊山(さん)に行って、銀の根で、幹が金、玉が実となっている木の一枝を取ってくるようにたのまれた。

この皇子、なかなか頭のいい人。情熱は情熱、実行は万全にと、計画をねった。そのあげく、つまりはその品を持ってくればいいのだろうと、結論を出した。

「筑紫(つくし)の国の温泉へ出かけ、休養をとり、元気になってきます」

と、お役所に休暇をとどけた。竹カンムリなので、筑紫にしたのか。いまの九州の総称である。

かぐや姫の家にも、使いに手紙をとどけさせた。

〈これから、玉の枝を求めての旅に出ます。ご期待ください〉

皇子に仕える人たちは、京から難波(なにわ)（大阪）の港まで、見送りについてきた。船に乗り、みなに別れをつげる。

「休養なのだから、大げさにできない。ごく少人数で行く。あとはよろしく」

信用できる、いつもの部下を二人ほど連れて、船は沖へ出た。人々は話しあいながら京へ向かった。

「さっぱりして帰ってこられるといい。恋わずらいに、温泉はいいだろう」

しかし、出て三日後に、皇子たちは、その港へと船を戻す。そこで、かねてからの計画を実行に移した。

すべて、あらかじめ手は打ってある。人目につかないような場所に、仕事場としての家を作ってある。小さいものではない。これだって、目立たないよう、かなり苦労した。

また内密に、一流の腕前の金属加工の細工師たちを集めておいた。その人たちとともに、なかにこもる。

熱で加工もするので、かまども内部にある。夜にその光がもれては、だれかに怪しまれる。そのために、何重にも囲いを作った。そこで問題の品の製造にとりかかる。

皇子は領地を十四も持っている。各所の家や庫から、金や銀や玉など、取り寄せて用意してあった。

「蓬萊の玉の枝を作るのだ。姫の話だけでは、はっきりしない。学者にも調べてもらった。このようなものらしい」

絵を見せる。枝は金。白い玉の実、葉は銀がいいんじゃないかと、相談しながら、仕上げてゆく。

三年がかりで完成。部下たちと、ひそかに難波（なにわ）の港へ運んだ。また、自宅へも、港に帰ったとしらせを出した。

大ぜいの人が、迎えに来た。皇子は言う。

「ご心配をかけた。温泉のほか、山野を歩いて、からだをきたえた。やりすぎたかな。また、わたしは船酔いしやすくてね」

お疲れのようだなと見る人もあった。

そばには、細長い箱があり、高価なものが入っているような感じ。事実、やっと作った品が入っているのだ。箱の上のおおいも、立派な布。長い棒につり下げて、前後をかつがせて運ばせる。

「あのなかには、うどんげの花が入っているのではないか」

そんなうわさが広まる。天竺（てんじく）にあると伝え聞く植物。三千年に一回、花が咲き、世の中にめでたいことが起こる。きわめて貴重なものの意味でもある。

かぐや姫の耳にも入る。

「そうとしたら、庫持(くらもち)の皇子(みこ)に従わなければならない」

不安で、胸のつぶれる思いだった。

悩んでいるうちに、姫の家の門がたたかれ、声があった。

「庫持の皇子です。やってまいりました」

そとをのぞいた者が告げる。

「正装でなく、旅の姿でございます」

竹取りじいさんが、門をあけて出ると、皇子が言った。

「もう命がけで、お望みの玉の枝を持ち帰りました。箱をあけて、ごらんに入れましょう。いかがでしょう。早く、姫にお見せして下さい」

じいさんは、それを持って門の中へ戻った。その枝には、和歌がつけてある。

いたづらに身はなしつとも玉の枝を
　手折らでただに帰らざらまし

身命をなげ出しての努力。そのあげくに手にした玉の枝です。おわかり下さい。わたしは、ここからも手ぶらでは帰りませんよ。

姫は和歌も枝も、気の抜けたように眺めている。じいさんは、そばへ寄って言う。

「あの皇子に望まれた蓬莱（ほうらい）の玉の枝。問題点ひとつない。それを、この通り、お持ち帰りになられた。もはや、とやかく言いのがれはできません。少しでも早くと、旅の姿のまま、この家へおいでになられた。お会いになり、親しくなさるのがいいでしょう。すぐれた皇子です」

姫はぼんやりと、手のひらを顔に当てて、がっかりしている。できるわけがないと思って、お断わりの意味で、あの難問を口にしたのに。まさか、持ってくるとは。

皇子は門を入り、縁側（えんがわ）に腰をかけ、声にして言う。

「ちゃんと仕事を、なしとげたのです。どうのこうのとおっしゃられては、困ります」

じいさんも、うなずく。

「この国に、このようなものがあるとは、見たことも、聞いたこともない。本当の玉の枝でございましょう。玉であり、金であり、銀です。こうなっては、口実も作れません。大変な苦労をなさったのでしょう」

姫はつぶやく。

「おじいさん、乗り気になっている。育ての親だと思っているからこそ、皇子をあきらめさせようと、ああ言ったのに。そこを察してもくれないで」

じいさんは、部屋を片づけはじめている。そこで、すだれを上げれば、ご対面となり、二人の仲は進むのだ。じいさん、なにげなく皇子に聞く。

「ご苦労のあげくです。この木のあったのは、どんな場所です。ふしぎなほど美しく、めったにない眺めだったのでしょうね」

「もちろんですとも。ぜひ聞いていただきたい……」

皇子は、もっともらしく語りはじめた。

おととしの二月の十日ごろに、難波の港から船を出しました。二年と少し前ということになりますね。しかし、広い海の上、どちらに向ったものかわからず、迷いもしましたよ。

「だからといって、目的があるのにそれへの努力をしなかったら、なにが人生でしょう」

決心は変らない。船の動くのを風にまかせた。

「死が待ちかまえていても、それは仕方ない。生きて、船が移動していれば、蓬萊の山のある島に行ける可能性はある」

自分に言いきかせ、風のない時は、船をこぎました。わが国の陸地も見えなくなった。航行をつづけると、ある時は大波に巻き込まれ、沈めば海底かと覚悟しましたね。知らない国に流れつき、見たこともない鬼のような人が出てきて、殺されそうになった時もあった。

霧が立ちこめ、東も西もわからなくなりましたし、船の食料がなくなり、ふとんがわりにつんでおいた、草の根を食べた時もありましたよ。形容のしようのない、あやしげなのが海から出てきて、食いつかれかけました。海の浅いところでは、貝を拾って食べましたよ。

方向をきめようのない旅、助言してくれる人もいない。釣った魚は、まずくても食べなければならない。いろいろな病気もしました。先のことは、予測もつかない。船は海をただよいつづけました。

五百日目だったでしょうか。朝の日がのぼってしばらくの時刻。海上のはるかむこうに、小さいけれど、山らしきものが見えたのです。

船をそちらに進めながら、じっと眺めましたよ。山も海をただよっているようだ。蓬莱山はそんな感じだと、話に聞いたことがある。かなり大きな山のようだ。山は高くそびえて美しい。

「きっと、これだ。わたしの目ざしていた山は」

と思うと、喜びにつづいて、簡単に上陸しても大丈夫かと不安になった。海面からそびえている山の周囲を、二、三日ほど漕ぎ回っていましたよ。

すると、ある日、山から人がおりてきた。絹の衣をまとった天人のような、若い女性。銀色に光るお碗で、あちこちで水をくんでいる。船をおりて、聞いてみました。

「この山は、なんと呼ぶのですか」

「蓬莱の山です」

うれしさが、こみあげてきました。つい、あいさつがわりの質問をしてしまった。

「お名前は」

「ホウカンルリよ」

どう書くのかなと考えているうちに、早い動作で山へ戻って行きました。わたしもと

思ったが、山はけわしく、普通の人間には登れそうにない。

仕方ないので、あたりを歩き回ってみました。これまでに見たことのない、珍しい花をつけた木が、たくさんある。

山からは水が流れていて、金色、銀色、瑠璃色と、川によって色がちがう。さっきの女の人の名は、瑠璃に関係があるのだろうか。これらの水の色をたしかめる役の名かなと思ってもみました。

それらの川には、いろいろな色の美しい玉をちりばめた橋がかかっている。どの木も輝いていて、虹に包まれているような気分でしたよ。

しかし、なすべきことを忘れてはいません。白い玉の一枝を手にしました。ゆっくり見くらべれば、もっといい枝があったかもしれませんね。

「お望みなのは、これだろうな」

と思ったのです。赤や青の玉のもありましたよ。しかし、白の玉のこれはすがすがしくて、よかったかもしれません。

この上なく楽しく、美しい夢の世界にいるようで、ずっといたい感じです。しかし、一枝を手にすると、これをお待ちの人がいるのだと、心がわたしに告げました。

いそがなくてはと、船に乗りました。うまいぐあいに追い風が吹いてくれ、四百日と少しで帰れました。神仏にお祈りして出航したおかげでありましょう。難波の港についたのが、きのうです。そこからすぐにここへ来たので、衣服には海の水がしみているかもしれません。自宅へ寄ることなく、ここへとかけつけたのです。

「……というふうに、いろいろな目に会いました」

皇子の冒険談は、一段落した。それを聞いた竹取りじいさん、感激し、ため息をついて、和歌をよんだ。

くれ竹のよよの竹とり野山にも
　さやはわびしきふしをのみ見し

わたしは先祖からずっと竹取りを家業として、世の中を生きてきた。野山を歩いて、普通の人よりは多くのものを見ています。面白い話も、語り伝えられて聞いています。しかし、このような冒険の話、ふしぎな山の話など、はじめてです。といった意味。

皇子も満足した。

「これまで、さまざまなことで、心を悩ませていましたが、きょう、やっと落ちつきましたよ」

そして、それに応じて和歌をひとつ。

わがたもと今日かわければわびしさの
ちぐさの数も忘られぬべし

この着物のそでは、乾いたことがありません。涙をぬぐったことも何度もあります。海の波にもぬれましたし、ひや汗をふいたこともあります。しかし、今日を境に、それらのつらい思い出も、きれいに乾いて、忘れることができましょう。

皇子は、すべてが順調だと、気をよくしていた。姫も文句をつけられないようだ。蓬莱の島を見た人などいないのだから、あれこれ言う人など、ないはずだ。

かくして、もう一歩という時。

六人の男たちが、連れだって庭へやってきた。代表らしいのがひとり、長い棒の先へ手紙をはさんだのを、さしのべる。位の高い人に渡す礼法だ。竹取りじいさん相手では、いささか大げさだが。

「恐れながら、申し上げます。この手紙をお受けとり下さい。怪しい者ではございません。わたしは加工や細工（さいく）を仕事とする、漢部（あやべ）という者でございます。玉の枝を作り上げるために、身を清め、食事の時間も短くし、仕事をつづけました。千日ちかくになります。心血をそそぎこんだのです。しかし、まだ、なんの報酬もいただいておりません。それをお願いします。わたくしどもの家族は、それをいただいてこいと申します。失礼な者たちではありますが、お察し下さい」

それを聞き、じいさん、首をかしげる。

「なんですと。細工だ、玉の枝だ、千日だとか」

皇子はとなると、とんでもない時にこの連中がと、あたふたし、出なくなったはずの、ひや汗が出はじめた。

かぐや姫は、じいさんに言った。

「どうも、大事なことのようよ。それをこっちに持ってきて下さい」

それを開いて、読んでみる。内容はつぎのようだった。

皇子(みこ)さまから、ぜひにとのおたのみで、わたくしどもは玉の枝を作りました。ご立派なかたです。身分の低いわたくしどもと同じく、皇子さまも仕事場にこもりきりでした。

そのため、千日ちかくも、だれも一回も外へ出ず、細工にはげんだのです。作りなおしも何回かありました。出来上ったら、地位や肩書もいただけるとのお話でした。

それなのに、家族のほうにも、お礼はなにもとどいていない。聞くところによると、こちらのかぐや姫とご一緒になる時の、おくりもののためとか。竹取りのお屋敷(やしき)なら、いまや長者。かわりに立て替えていただけるのではないかと参上したのです。

こんなこととは。そとでは声がつづいている。

「なにとぞ、よろしく」

それを聞き、かぐや姫はにっこりした。日が暮れるにつれ、心も沈んでいったのだ。夜になったら、皇子と部屋をともにしなければならない。とくに好きでもない男と、いやおうなしに。

それが一変したのだ。うれしい笑い顔になる。じいさんを呼んで言った。

「蓬萊（ほうらい）の木の本物とばかり思ったのに、じつはでたらめの話で、にせ物だったとは。玉の枝は、皇子に早く返してあげなさい」

「この手紙の通りとなると、国内で作った品ですね。はっきりしたのですから、枝を返して、帰っていただきましょう」

じいさんは、うなずいた。本物らしいような気がしたのにと、残念でもあった。かぐや姫は、すっかりはればれした気分。枝を返すのなら、和歌もつけてと。

まことかと聞きて見つれば言（こと）の葉を
　飾れる玉の枝にぞありける

話を聞いて本物と思いかけたのに、それは言葉だけ。話で枝葉を飾りたてた、作り物だったのですね。

そして、その玉の枝を返してしまった。

じいさんは、皇子の冒険談に引き込まれ、熱中しすぎて、疲れが出た。最初に本物と思い込み、姫にすすめたりして、ていさいも悪い。眠ってしまうに限ると、壁にもたれて、うとうとしはじめた。

皇子はとなると、どうにも動きようがない。立っても、すわっていても、人目について、みっともない。うすぐらいのが、わずかな救い。弁解のしようもない。そのうち、やっと日がくれ暗くなった。それにまぎれて、そっと出て帰っていった。

かぐや姫は、手紙を持ち込んだ細工師たちへの返事がまだだったのに気がついた。近くへ呼んで、すだれ越しに声をかけた。

「どうもありがとう。うれしくてなりません」

たくさんの報酬を与えた。だれも、大喜びだった。

「お願いしてみてよかった。こんなにいただけるとは」

うかれて帰っていった。

しかし、ただではすまなかった。道ばたで庫持(くらもち)の皇子が待ちかまえていて、だれかれかまわず、なぐりつけた。血も流れる。

「わたしの気分を、考えてみろ。少し待てば、払ってやったのに」

細工師たちが竹取の家でもらった品物を、とりあげ、あちこちに投げ捨ててしまった。あまりの荒れかたに、みな、われ先にと逃げて行く。そのあと、皇子はお供の者に言った。

「これまでの人生で、こんなに大きな恥をかいたことはない。姫をわがものと出来なかったのも残念だが、みっともない結果となった。はずかしさを背にしての生活は、考えただけでもやりきれない」

ただひとり、山の森のなかへと歩いて入っていった。おそばにつかえる人たちは、人もやとって、各地に出かけ、なにか消息を得ようとした。はるか遠くまで行かれたのか、おなくなりになったのか、それらしき人の姿もうわさも、なにもなかった。

親しかった人たちの目からも、消えてしまったのだろう。それから何年も、うわさすら伝わってこなかった。

こんなことで〈たまさかる〉という言葉がはやった。予想しなかった目に会うとの意味で使われている。

玉の枝のことで、魂を失ったようになったとの形容でもある。たまりかねる、たまらないも、一連の言葉だろう。

玉極ると書いて「たまきわる」と読む。「いのち」や「世」や「うつつ」にかかる枕詞。ひとつの人生と、みとめる人もあってもいい。

ひと息。やれやれですね。

この物語。五人のなかで最も長い。

やっぱり、だめでしたねえ。いい線までいったのに。計画の立て方もよかったし、それなりの努力もしている。

蓬萊山が神仙の住むところとは、はるかに古い中国の伝説。確実な話は、なにもわからない。それを望まれた。

しからば、同一の物を作ればいいのだろう。それに財産と情熱を傾けた。ただ命じただけではない。自分も作業にまざり、千日ちかくも、あれこれくふうしたのだ。石作の皇子のように、ぶらりと歩いて見つけたのとは、わけがちがう。

つとめ先にも、理由をつけて正式に休ませてもらった。すべてを制作のために注ぎ込んだのだ。

完成品を持ってゆくと、姫はまさかと驚き、じいさんも信じた。ちゃんと、金、銀、玉で作られているのだ。最高級の人たちの手による細工なのだ。

あの冒険談だって、面白かったはずだ。蓬萊山（ほうらいさん）は、島なんかじゃない。海からそびえる、けわしい山。異様なる川や木。印象に残る話だった。

まったく、すごいやつさ。その着想、財力、努力、物語を作らせても天下一品。しかも、身分だっていい。普通だったら、理想的な人物と扱っていいと思う。

それなのに、かぐや姫は、気が進まなかった。そこが、この物語の特色だろう。この世の思考や価値基準を、姫は無視する。なお、先を読みたくさせる。

玉の枝の玉だが、当時「しらたま」とは、日本では真珠を意味した。しかし、大きさの点で、木の実にふさわしくない。稲の穂のようにみのらせたら、草だ。

玉は「ギョク」とも読み、中国では宝物とされた。緑のはヒスイだが、白く美しいのもある。勾玉（まがたま）の形のは日本特有。蓬萊山には海岸のイメージがなく、この美しい石の意味で読むべきだろう。文中、球の表記を玉に統一した。

この主人公、車持（くらもち）の皇子（みこ）とした本もあるが、庫が少し関連しているので、私は庫にした。書きうつす時、複雑な形に変る例は少いだろう。作り話の冒険航海、九百日を話している。これは、大げさの限界か。そのため、千日を越える文は、少しなおした。

幕切れも、すさまじい。ずっと同じ家で働きつづけてきた連中の、軽率なふるまい。そいつらにだまってはいられない。苦心の作も、この時にこわし、捨ててしまったのだろう。

庫持（くらもち）の皇子（みこ）は、女性、人間、世の中、なにも信じられなくなった。自然のなかに、とけこみたくもなるだろう。仙人になれたかもしれない。

物語を聞かされる人たちは、つまらぬ語呂（ごろ）あわせに笑いながらも、なにかふっきれないものを感じ、先を知りたがる。

どうなりますか。

五、火ねずみの皮衣(かわごろも)

姫から火ねずみの皮衣を望まれたのは、右大臣の阿部(あべ)の御主人(みうし)。ほかの四人よりは、いくらか年長だったようだ。財産もあり、家族、親類、知人も多く、みな栄えていた。竹取りじいさんも姫に、男とともに一家を栄えさせるようにとすすめた。当時は、そういった安定が幸福だったのだ。

この右大臣は、その年に唐（中国）からやってきた交易船に王慶(おうけい)という人が乗っていることに気づいた。まだ筑紫(つくし)（九州）の博多(はかた)の港に来ているらしい。右大臣は手紙を書いた。

〈王さん、わたしは火ねずみの皮衣という品が、ぜひ欲しいのです。今度おいでの時、買ってきて下さい。どんなものか、くわしく知りませんが〉

それを、部下のなかで信用のできる者、小野(おの)の房守(ふさもり)にとどけさせた。また、いくらか見当もつかないが、代金として、かなりの黄金をも持参させた。

小野は、王さんの返事を持ち帰る。こんなことが書いてある。

火ねずみの皮衣とは、大変なものをおさがしですね。さすが、阿部の右大臣のお考えは、大きいものですね。

この品は、わが唐の国では産出していないものです。貴重な品であるという、話は聞いたことがありますが。

高価とはいえ、もし実在する品ならば、だれかが見て、入手法などわかっていていいはずなのですが。どうやら、この取引はむずかしいもののようですよ。

しかし、この世は広い。天竺（てんじく）（インド）の国あたりでは、お金持ちが持っていないとも限らない。そういった方面に当ってみましょう。

お金はおあずかりしますが、どこにも存在しない品とわかれば、お返しいたします。いずれどちらかを、お使いのかたにお渡しいたしましょう。

阿部の右大臣は、うまくゆくかどうか、姫のことを思ったりし、月日は流れていった。

つぎの年、唐から船の来る時期、小野は博多へ出かけて待っていた。どうやら、王さんと品物のやりとりをしているらしいと、話が京へ伝わった。右大臣は早く実物を手にしたいと、各地に馬を配置させた。とくに早い馬で、警護の者も用意させた。

そのため、小野は品物の入った箱を大切に持ち、馬を乗りつぎながら、京へと急いだ。なんと、七日で着いてしまった。

右大臣は、王さんからの手紙を読んだ。

右大臣さまも、さぞ、お待ちかねでしたでしょう。わたしも、いろいろと努力いたしました。

店の者たちを各方面に出張させ、さがさせました。そして、なんとか手に入れました。その経過を、お知らせします。

むかし、天竺の聖人であるお坊さんが、この唐の国の西のほうの寺院に運んできて、そこに保存されていることが判明いたしました。

まあ秘宝あつかいなので、売りたがらない。そこで、お役所の力をおかりし、なんとか買いとりました。しかし、その寺のある地方の役所は、まだ不満なようす。

そこで、わたしが自分でそれを払ったのです。それが五十両。そのぶんを、さらにお支払いいただきたい。

近いうちに、船は帰国のため、出発いたします。早くお願いします。むりでしたら、皮衣のほうをお返し下さい。ほかに買い手をさがしますから。

これを読み、右大臣は大喜び。

「あの王さん、相談なしに五十両をだしたので、気にしているみたいだな。それですむのなら、すぐにでもお渡しする。ごくろうさまだ。ありがたい。だれか、早くとどけてやれ」

西の博多のほうへ頭を下げ、手を振り、うれしさをかくさない。

こうして手に入れた皮衣(かわごろも)の入った箱。外側にさまざまな色の、美しい宝石をちりばめ、すばらしい。

そのなかに、皮衣が入っている。深みのある青い色で、毛皮の細い毛の先は、どれも

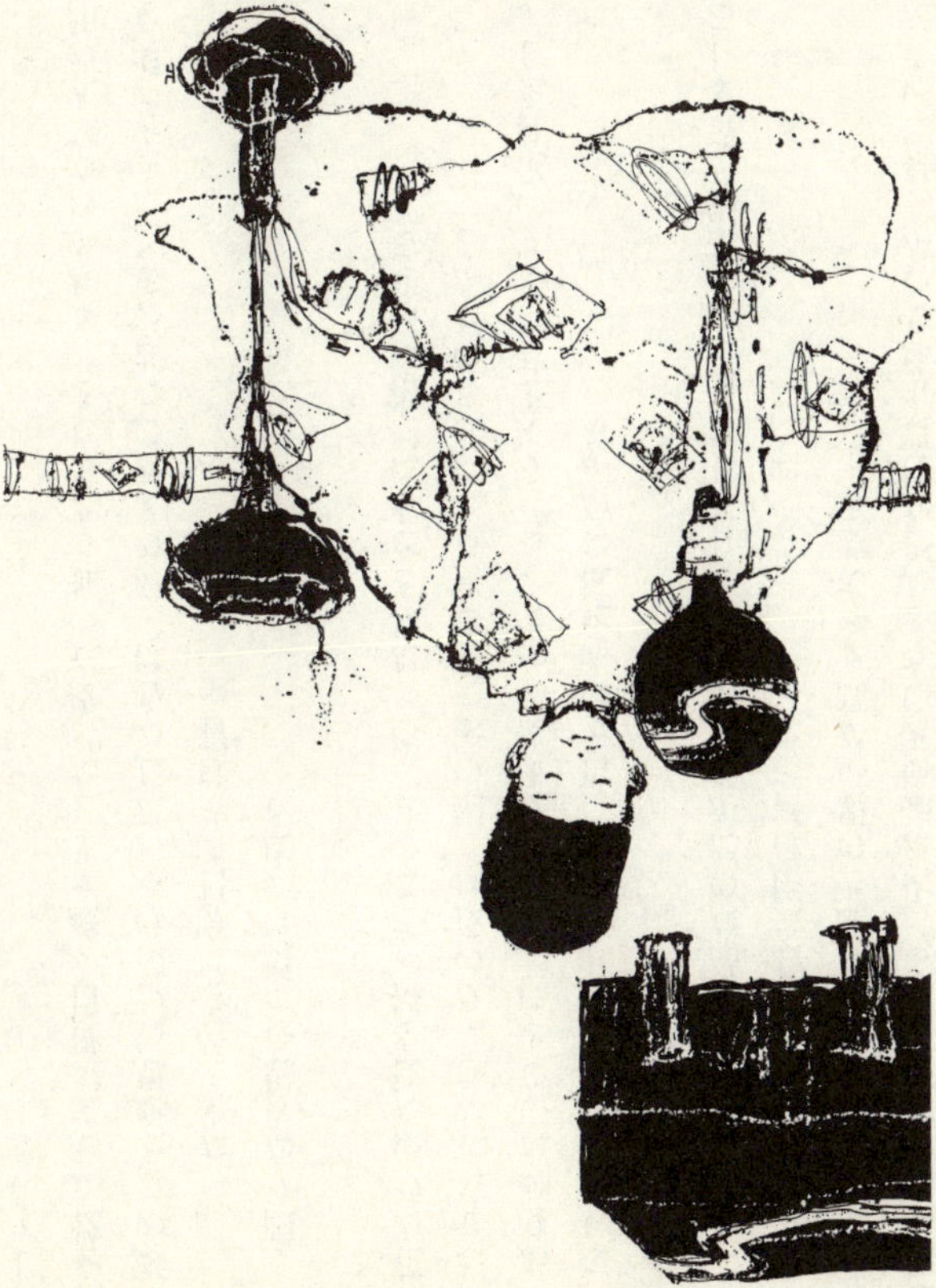

金色の光をおびている。火に強いというふしぎな性質も珍しいが、見ているだけで、くらべものがない貴重な品との思いが高まってくる。

だれもそう思い、右大臣は言った。

「これほどみごとな品なのだからなあ。みとれてしまう。かぐや姫が望まれるのも、むりもない」

ていねいに箱に入れなおし、自分はお化粧にかかる。

「ありがたいことに、すべてうまくいっている。うんと若づくりの化粧をしよう。姫に合わせてね。きょうの夜は、姫の家ですごすことになるのだから」

花のついた枝を持ってこさせ、作った歌とともに、箱にのせる。

　限りなき思ひに焼けぬ皮衣
　　たもと乾きて今日（けふ）こそは着（き）め

姫のことを思いつづけるわたしの心は、炎のようでございました。その炎も、そでの涙を乾かして、役目を終えました。皮衣の強さと美しさ。これからの二人の仲を、あらわしているようです。

出かけていって、門の前で呼びかけた。竹取りじいさんは、いきさつを聞いた。

「うわさは聞いていましたが、おみごとです。まずは、品物を姫に」

と箱を受けとり、運んでいって、姫の前で箱をあけた。

「さすがに美しい皮衣ですね。そこまでは、みとめましょう。しかし、これが本当に火ねずみの皮かどうかは、まだわかりませんよ」

と疑う姫に、じいさんは言った。

「とにかく、なかに入っていただき、となりの部屋で待っていただきましょう。わたしも、いちいち話を取り次ぐのは、大変です。とにかく、あのかたのお話を聞いていていただきたい。思っていたより、はるかに美しい皮衣。いちおう本物とお考え下さいね。いじめるおつもりでは、いけません。これを目にすることが、できたのですから」

右大臣は案内され、つぎの部屋で待つことになった。

今回は、じいさんの妻も姫のそばへ来て、皮衣を見た。

「美しいものですね。手に入れるため、ご苦心なさったと思いますよ」

いい相手の男と姫が生活するのを、妻も期待しているのだ。夫婦ともども、姫のしあわせを願っている。むりやりにはできないが、うまくいってほしいものだ。右大臣は、身分も高いし。

やがて、かぐや姫が言った。

「はじめから疑っているのではありません。本物でしたら、あのかたに従いましょう。お約束なのですから。火で焼けない品でしたね。おじいさんは、この美しさは信じていいと言われた。それだったら、焼いてみましょう。本物なら、もっと美しくなるはずですから」

「それも、もっともですね……」

じいさん、右大臣に伝える。

「……とのことですが、火にかけてもいいでしょうね」

「この皮衣(かわごろも)は、唐の国にもなかったのを、手をつくして求めたものです。にせと思ったことは、一回もありません。しかし、言われてみると、お考えはわかります。早くきめてしまいましょう」

そこで、家の手伝いの者を呼び、火を入れたものを持って来させ、なかに入れる。皮衣はたちまち燃えはじめた。

「これは、どういうことでしょう。あのかたに、お見せしなさい」

すぐに、右大臣のそばに運ばれた。大金を使って買った、美しい皮衣（かわごろも）。それが、目の前で灰となってゆく。まさかの思いで、右大臣の顔は青ざめ、だまってすわったまま。

姫は、なっとくしてもらえたと考えた。

「これで、さっぱりしました」

歌をもらったことに対し、返事の歌を作って箱に入れて渡させた。

なごりなく燃ゆと知りせば皮衣
　思ひのほかに置きて見ましを

燃えてしまうとは、思ってもみませんでした。美しさが、なごりおしい。二人の仲も、結論を出すことをしないで、内心で楽しんでいたほうがよかったのかもしれませんね。

こうなっては、どうしようもない。右大臣は帰っていった。

しばらく、人びとの話題になった。

「右大臣さまは、火ねずみの皮衣で、姫の心を包み取りましたのでしょうか」

「いやいや、火で灰、水の泡(あわ)です。おあいにくさまですね」

そんなことで、あっけない結果を〈あえなし〉と呼ぶのがはやった。阿部さんが、集めたお金をあえて使い、そして会えたのが、あおざめた自分。あいらしい相手は、あいかわらずだったのでね。

ま、ひと息。

うまくいきませんな。堂々たる正攻法だったのにね。私財と地位、それを使ってだから、有利とはいえた。

唐との交易を私的に使うのは、表むきにはいけないことだった。それをおかし、妙な品をつかまされ、金を失ってしまった。いつの世にも、こういう事件は起っているのだ。

がっかりはしただろうが、当りちらすこともなく、絶望にひたったわけでもない。若者でないせいか、そこが右大臣たるゆえんか。

にくめない人だ。財産も、地位も、ゆとりのある性格も持っている。こういうのを好きな女性もいるのではないか。昔は、このあたりでと思うのが普通だったと思う。姫は、それにも、だめとの決着をつけてしまった。

物語を聞く人は、おやおやと思う。日本的な行動ではないな。ふしぎな姫だ。そのへんの展開が巧みなのだろう。

どうでもいいことだが、小野という部下が、唐の王さんと、どこで交渉したのか、明確でない。本によって、みなちがう。

手紙と代金とを持って、唐へ出かけ、交易船で戻ってきたとの読み方もある。博多で会って、いっしょに唐へ渡ったとの読み方もある。博多で待ちつづけの説もある。

私は、自分なりに、無難なまとめ方をした。小舟でも、交易船でも、単身で出かけていっては、大げさではないか。渡っていったのなら、むこうで不審な品と気づいているはずだ。

どの説をとっても、話の本筋には変りがない。今回は、おおらかな人のよさを代表の男にしてみた。それもだめとはね。

　ならば、つぎは。

六、龍の首の玉

大納言の大伴の御行は、望まれた品を、どうやって手に入れるかを考えた。そして、まさに単純な方法をとった。

自分の家にいる部下の男たちを、みな集めて言った。

「龍の首のあたりに、光る玉がついているそうだ。虹のように、五色に輝きを変える。それを取ってきた者には、願いどおり、どんなお礼もする。やってもらいたい」

しかし、男たちは、おたがいに話し合う。

「おつかえする主君のご命令ですし、やるべきなのでしょうがね」

「そうなのです。これは、なかなかむずかしい仕事ですよ」

「龍とは、どこに住んでいて、どうやれば首の玉を取れるのだろうか」

「いつものご命令とは、ようすがちがいますからね」

勢いのない者ばかりで、大納言は言葉を強めた。

「おまえたちは、わたしの部下。それで生活しているのだし、そこを考えろ。命がけでも、やりとげる気になってくれ。龍とは、唐の国や天竺(てんじく)だけにいるわけではない。日本でも、海や山の水中から、天にのぼり、また、水に戻ったりしているらしい。見たという話もある。やれないことはないだろう」

こうなると、ことわれない。

「いかに強くお望みか、よくわかりました。大変な作業のようですが、ご命令です。玉を求めて出発いたします」

それを聞いて、大納言は満足。

「さすがだ。そうでなくてはならぬ。わが大伴の家は、昔から武力にすぐれていることで、知られている。いかに勇ましく任務をはたすか、世に示してくれ」

「はい」

部下たちの出発を、はげまし、大納言は必要な品を手渡す。旅行中の食品をいろいろ。さらに綿(わた)、銭(ぜに)、絹(きぬ)など。絹は売れば銭になる。家にあるものを、みんな出してしまった。

「それまで、わたしが遊んでいるのではないぞ。身を清め、酒も飲まず、神仏に祈っている。だから、ぜひ取って来い。それまで、ここに帰ってくるな」

勇ましく出かけたはいいが、男たち、またも、ぶつくさ。

「玉を取れなかったら、帰るなとはね。やりにくいなあ」

「あっちを攻めろ、こっちを守れというのなら、力の見せようもあるけど」

「主君は親と同じといっても、わけのわからない命令ではね。いつもは、いいかたなのに」

「どちらへ行ったらいいのか。自分の足にまかせるか」

もらった品物を、不平のないよう分配し、勝手な行動をとりはじめた。わが家に帰って、寝そべってしまう者。こういう時に好きな旅をと、歩きはじめる者。

部下の男たちが、いなくなった。大納言は、つぎの準備についての計画を立てた。

「玉が手に入ったとなると、かぐや姫がここに住むことになる。この程度の家では、ふさわしくないな」

工事を急がせ、立派な家を建てた。うるしをぬった壁を作り、その上に金や銀で絵やもようを描いた。

屋根の上には、色とりどりの造花を飾る。室内の飾りも、たとえようもない美しさ。高価な布に絵を描き、はりめぐらせる。

奥方や側室たちに、出ていってもらう。大納言は、そこでひとり暮して、玉を待つ。派手で、目立つ家。なかにひとり。おかしな眺めといえるだろう。

しかし、出発していった部下からは、なんの連絡もない。夜も門をたたく音を聞きもらさないよう、注意していた。しかし、翌年になっても、うわさも伝わってこない。待ちかねて、いらいらしている。大納言は、あとに残っていたとしよりの部下の二人を連れて、そまつな衣服で難波の港へ出かけていった。舟をこぐ人をみつけ聞いてみる。

「大伴の大納言の部下と称する人たちが、船を出させ、龍を殺し、その首の玉を取ったという話を、耳にしたことはないか」

舟人は、大笑い。

「なにかの冗談ですか」

「いや、本気だ」

「海を知らないかたですな。そんなことで船を出す者など、あるわけがない」

「それでも、おまえは船乗りか。いくじなしめ。わたしが、武門のほまれの高い、その大伴だぞ」

「はあ」

「とくに弓の腕前にすぐれている。龍(りゅう)をみつけさえすれば、矢を命中させ、殺し、首から玉をもぎとってみせる。まだ部下のひとりも、船で出ていないとは。ぐずぐずしている者は、ほっておくぞ」

その場で船を買い上げ、その船乗りをやとって、出航させた。しかし、どの方角がいいのかは、わからない。

あちらへ寄り、こちらへ進んで、そのうち筑紫(つくし)の沖らしい海へやってきた。都から、はるかに遠い。

その時、なにか意味ありげに、強い風が吹きはじめた。黒い雲がひろがり、暗くなる。日の位置がわからなければ、東西も南北も見当がつかない。

暴風で高まった波に、船は巻き込まれ、いつ海中に沈むかわからない。雷の音がひびき、イナズマが光る。

さすがの大納言も、どうしたものか迷って、大声をあげた。

「こんなひどい目に、まだ会ったことがない。陸地での戦いなら、自信もあるが、海でとなると見当もつかない。これから、どうなるのだろう」

船乗りは答えた。

「わたしだって、長いあいだ、船での体験をしてきましたが、こんなひどいのは、はじめてです。ただごとではない」

「どうなのか」

「このままでは、船が沈む。そうでなかったら、ここに雷が当って、ばらばらになる。運よく神の助けで船が沈まないですんだとしても、はるか南の海に流されてしまうでしょう。気がすすまないのに、あなたにやとわれて船を出した。なさけない結果をたどることになって、ばかばかしい」

船乗りは泣き出した。

「元気を出せ。海の上での、おまえの能力をみこんで、信用し、ここまで来たのだ。そんな弱音(よわね)をはくなよ」

大納言は、船酔いで胃のなかのものを海に吐きながら、呼びかけた。船乗りは青ざめて答える。

「神さまじゃないのですから、わたしに出来ることは限られています。強い風で波が荒れるぐらいなら、それへの手段ぐらいは知っています。しかし、雷雲からイナズマとなると、これは普通ではない」

「申してみよ」

「どうやら、龍を殺そうなどとの目的で船を出したから、こうなったのでしょう。この、妙に強い風は、龍が吹きかけているのでしょう。お心を変えて、神に祈って下さい。早く」

「よし、わかった……」

大納言は、天にむかって言った。

「……海と船をつかさどる神さま。お聞きとり下さい。おろかなわたくしは、善悪をわきまえず、龍を殺そうと思って、船を出してしまいました。申しわけございません。これからは、決していたしません。さわろうとさえ、考えません。お助け下さい」

祈願の言葉を大声でくりかえし、立ち上っては天に叫び、身を伏せて海に叫ぶ。ここで誠意を示さなくてはならない。

それを千回ほどくりかえすと、神のお耳にとどいたのか、とどろく雷の音も遠ざかっていった。しかし、イナズマは時たま光り、風の強さはそのまま。

船乗りは、落ち着きをとりもどした。

「危機は越えたようですよ。やはり、龍の起した異変でした。お許しが出たのでしょう。

少し明るくなってきた。この風は強いけれど、よい方向へと吹いている。その区別ぐらいは、わたしにもつけられます。ご安心を。なんとか帰りつけるでしょう」

そう呼びかけられても、大納言は龍のたたりの恐ろしさが消えず、耳に入らない。

その風は、三日か四日も吹きつづけて、船は出航地あたりへと戻され、海岸へたどりついた。船乗りは、どうやら播磨（兵庫県）の明石の浜らしいと思った。

大納言は頭をかかえてうずくまり、あえぎながら声を出した。

「南の海の、どこともわからぬ島にたどりついたようだな」

船乗りは、明石にある役所にとどけ出た。船に乗せた人物、身なりは地味だったが、地位のある者のようなことを言っていた。ほっておかないほうがいいだろうと。

役所の人たちが、船を調べに来た。大納言は、船の底にかがみこみ、目はつむったまま。そとを見るのが、こわいのだ。

みなでかつぎあげて、海ぞいの松林のそばにむしろを敷き、その上におろした。役人たちは、あいさつをした。

「やはり、大伴の大納言さまでしたか。浜に着きましたよ。もう大丈夫です。ご気分はいかがですか」

名を呼ばれ、言葉もわかるので、南の島でないらしいと知った。身を起し、あたりを眺める。

「ぶじに帰れたわけか」

船がゆれて体調にわるかったのか、腹がふくれあがっている。大納言は病気の症状が大げさに出る人なので、今回はオタフクカゼにかかったのか、左右の目のあたりが、大きくはれあがっている。

スモモを二つ、くっつけたようだ。おかしな顔つきなので、役人たちは、失礼とは思いつつも、くすくす笑い出してしまった。

ひと休みしたあと、大納言は輿（こし）を作らせた。人を乗せて、かついで運ぶもの。このへんでは、貴人の乗り物は用意してなかったのだ。その上でうめきながら、なんとか京の家へと帰りついた。

その話をききつけて、命令を受けて出発し、好きなことをしていた部下たちが、つぎつぎとお屋敷（やしき）へ帰ってきた。

「お元気で、お祝い申し上げます。わたくしたち、龍の玉を取れなかったので、戻るに戻れませんでした。しかし、それをご自身でやってごらんになり、いかに大変で困難なことか、おわかりになったのではありませんか。手ぶらで帰っても、もう、おとがめはないでしょうと、参上したわけでございます。やはり、こちらにおつかえしたい」

横たわって休んでいた大納言は、起きあがって男たちに言った。

「おまえたち、それでよかったのだ。龍にたちむかったりしてみろ。あれは雷さまの仲間か、それ以上の力を持っているかの、どちらかだ。みな、死んでいただろう。わたしは、よくない命令を出してしまった」

「おそれ入ります」

「おまえたちが、龍をつかまえたとしよう。それは、逆に、つかまったことだ。だれが命じたか、答えさせられ、そのあげく、わたしまで殺されることになったろう」

「おかげで、だれも助かりました」

しかし、大納言は不快そうに言う。

「帰って休みながら、こわかった旅を思い出してみた。そもそも、こんな目に会い、死にかけたのも、もとはといえば、かぐや姫のせいだ。たちの悪いこと、泥棒以上だ。わたしを殺そうとして、こんな話を持ちかけたのだ」

「そうかもしれませんね」

「きっと、そうだ。ひとの死など、なんとも思わない女だ。あの家のほうには、わたしは二度と近づかない。おまえたちも、気をつけたほうがいいぞ」

なにか、すっきりした気分。とにかく、命は助かったのだ。大納言（だいなごん）は、戻ってきた男たちに、龍の玉を取ってこなかったことをほめ、いい部下だと、家に残っていた品物をわけて与えた。

おかしな理屈で、その話を聞いて、別居中の奥方は、大笑い。笑いすぎて死ぬかもしれないと、そばの者が心配するほど。

新築した派手な家。その屋根に飾った造花は、トビ、カラスなどが、巣を作る材料にと、くわえていってなくなっていた。

「大伴の大納言は、龍の玉を取っておいでになったのか」

「いや、だめだった。しかし、両目のまわりに一つずつ、大きな玉をつけてお帰りになった。スモモのようだが、かじってみるか」

「食べがたし」

それから、思うようにならないことを〈食べがたし〉つまり〝堪へがたい〟と言うようになった。「たえがたい」である。

妙(たえ)なる玉をと、海の旅。たえまもなしに台風が。食べるどころか、息もたえだえ。たち悪の女にたぶらかされた。まあ、こんなとこか。

ここでひと息。

今回も、うまくいきませんな。この物語、はじめて聞いたとして、五人のうち三人までだめとなると、四人目も同様と、ほぼ見当がついてしまう。そこで、主人公を現実に海へ出した。作者としては、趣向をこらさなければならない。そこで、主人公を現実に海へ出した。蓬萊(ほうらい)へ向かった人のは作り話だったが。

育ちがいいので、世間しらず。その面白さは、当時の人にとっては、たまらなかったろう。『ドン・キホーテ』の書かれる、はるか以前の作なのだ。

身分の高い人の苦難の旅となると、ひとつのテーマであり、長編で書かれることが多い。その元祖はここにあって、短く、お笑い仕立てなのだからなあ。

しかし、主人公にとっては、深刻な結末なのだ。さんざんにいじめられた。それは、かわいさあまって憎さ百倍との、感想となる。最近は使われないようだが、日本語はうまい表現をする。

太宰治『お伽草紙（とぎぞうし）』のなかの「カチカチ山」という作品を思い出した。もとのお話はご存知だろうが、太宰はウサギを美少女の残酷さのあらわれと見て、タヌキは中年のぶさいくな男とした。

まんまとウサギにだまされ、背中に火をつけられるわ、ひりひりする薬をぬりつけられるわ、泥の舟で沈めさせられるわ、さんざんな目に会わされる。美しいが、やさしさがない。ギリシャ神話の三日月の女神まで持ち出すが、私の調べでは少し誤解があるようなので、その名は出さない。

さらに、好色のいましめか、美少女に手を出すなか、くどく言いよるなかと、教訓をさぐっている。第三者には、こっけいな話さと。また、善悪よりも、感覚優先の世の中とも書いている。太宰の結論を、原文の引用でここにのせる。

曰（いわ）く、惚（ほ）れたが悪いか。

古来、世界中の文芸の哀話の主題は、一にここにかかっていると言っても過言ではあるまい。女性にはすべて、この無慈悲な兎（うさぎ）が一匹住んでいるし、男性には、あの善良な狸がいつも溺れかかってあがいている。作者の、それこそ三十何年来の、頗る不振の経歴に徴してみても、それは明々白々であった。おそらくは、また、君に於いても。後略。

後略で終るなんて珍しいが、太宰の「カチカチ山」についての新説である。「竹取」は、それより昔のお話。文芸の原点なら、こっちですよ。

「かぐや姫は悪女だ」

大納言の発言は、新鮮だ。そういえばと、はじめて気づくわけだ。もともと、悪女とは不美人の女のこと。「悪女の深情け」は、不美人ほど、つきまとうの意味。私は知った上で書いているのだ。

美人だが悪質という意味になったのは、ごく新しい。しかし、たちまち定着した。つまり、大衆の好みなのだ。その原形が、かぐや姫とはね。

しかし、それも、もとはといえば男の勝手な思い込み。読者や聞き手にとっては、だからこそ面白いのだ。

いよいよ、ラストバッター。

七、つばめの子安貝

さて、中納言の石上の麻呂足は、家で働いてくれている男たちに、命令を伝えた。

「つばめが巣を作ったら、すぐに知らせてくれ」

男たちはふしぎがり、やってきて、口ぐちに聞いた。

「なんのために、そんなことを」

「つばめの持っている、子安貝を取るためだ。それが、ぜひ欲しい」

かぐや姫が、それを中納言に望んだのだ。とにかく、はじめなくてはならない。男のひとりが言った。

「わたしは、つばめを何羽か殺し、腹をさいてみましたけど、見たことはありません。しかし、子を生む時には、そばにあるのかもしれません。どこから持ってくるのか、見当もつきませんが」

「殺したとは、ひどいことをする。安産のききめのある貝だから、出産の時にそばにあ

ると は考えられるな」

　中納言がうなずくと、べつな男が言う。

「人が見ようとすると、貝をかくしてしまうという話もあります」

　また、べつな男が言う。

「朝廷のなかの、穀物の倉庫。そのそばの、食事を作る建物の軒下に、つばめがたくさん巣を作っています」

「そんなに多いか」

「はい。身のこなしのいい者をえらんで、ハシゴのようなものを作って、のぼらせたらどうでしょう。つばめの数は多い。たまたま、子を生む時にめぐりあうこともあるでしょう。のぞいて、そうとわかったら取ってくればいいと思います」

　名案のようだと、中納言は喜んだ。

「すばらしい方法を考えついてくれた。わたしは、現実的な計画を立てるのが苦手でねえ。感心したぞ。すぐ、とりかかろう」

　仕事熱心らしい男を二十人ほどにその役を命じ、ハシゴをいくつも用意させた。ご自身は家にいて待ったが、早く手にしたい気分は押さえられない。

「子安貝は、手に入ったか」

と何回も、ようすを見に行かせる。そのたびに、男たちがハシゴの位置を変え上り下りする。おかしな動きだし、目立つし、見物人もやってくる。つばめは、巣に寄ってこなくなる。

その報告では、命令の出しようもない。

「それは困ったな。しかし、どうしたものか」

いらいらしていると、その倉庫や建物をまかされているお役人、倉津麻呂（くらつまろ）という老人がやってきた。

「妙なさわぎなので、聞いてみると、こちらのご命令とか。あれじゃ、だめです。みっともないし、笑ってる人もいる。わたしの意見をお聞きになって下さい」

「そうか。ぜひ教えてほしい」

中納言は、近くに呼び寄せ、低い声で話し合った。倉のじいさんが言う。

「つばめの子安貝となると、やりかたがあるのです。二十人もの男が、ハシゴを上下し、少しずらして、またのぼって巣をのぞきこむ。その光景をお考え下さい」

「子を生むどころではないな」

「ハシゴを片づけ、男たちを引きあげさせる。人数は、忠実な男ひとりでいい。それを大きな籠にのせ、それは綱でつりあげられるようにしておく。そして、子を生みそうな巣をねらう」

「上げる方法は」

「ハシゴを組み合せ、その上に滑車をつけ、綱で引きあげるのです。やはり、あと四人はいりますな」

「それより、子を生みそうと、どうすればわかるのか」

中納言が聞くと、倉のじいさんは言う。

「つばめが尾を上にむけて、からだを七回まわします。そのあとすぐ、子を生む。ですから、動きを目にしたら七回目にまにあうよう、籠をつりあげ、乗っている人に取ってもらうのです」

「そうか、いい方法のようだな」

その命令は出され、大部分のハシゴは片づけられ、人数もへって静かになった。ハシゴを組ませ、籠に乗った人を引きあげる練習もはじめさせた。倉のそばでそれを見ている中納言は、成功まちがいないという気分になった。

それというのも、倉のじいさんがいい案を教えてくれたからだ。お礼をしなければならない。そこで、呼びかけた。

「わたしの部下でもないのに相談に乗ってくれて、ありがたい。これをさしあげよう」

自分の着物をぬいで、手渡した。

「おそれ入ります。早く終ってもらいたいためでもあったのですが」

「夕方に、ここへ来てくれないか。いい指示をしてほしいし」

やがて、日が暮れてきた。倉のかげからのぞくと、つばめが巣を作っている。なかに、尾をあげてまわるのもいる。

そこで、籠を引き上げさせる。乗っている男は、巣に手を入れる。中納言（ちゅうなごん）は、下から聞く。

「あったか」

「ありません」

尾の動きは、話の通りだ。子を生んだにちがいない。それなのに、貝がないとは。だんだん、がまんできなくなった。

「おまえの、さがしかたが悪いのだ。あるような気がするのだが……」

乗る者を交代させようと見まわしたが、こうなったら、自分でやるのが最良だろう。

「……よし、わたしが乗る」

そのうち、また尾をあげてまわるのを目にした。あれだとばかり、中納言は籠に乗って上へ。巣に手を入れる。手のひらに、なにかをつかんだ。

「おい、なにかがあった。倉のじいさん、うまくいったぞ。さあ、おろしてくれ」

それを聞き、男たちも、ついにやったかとほっとする。気がゆるんだ。綱をゆるめなくてはいけないのに、あわてて引っぱる者もいた。そのため、綱が切れた。

下には、穀物倉にゆかりのある大きな釜(かま)があった。そこへ、あおむけに落ちた。人びとがかけよって、かかえ起す。

気を失い、目は白い部分だけしか見えない。水をくんできて、口に入れ、背中をさすったりする。なんとか、息を吹きかえし、手足を動かした。

その中納言のからだを、釜からおろし、地面に横たえる。苦しそうだ。

「いかがですか、ご気分は」

そう聞くと、かすれた声で言った。

「気はとり戻したが、打ちどころが悪かったのか、腰が動かない。それより、子安貝だ

よ。ちゃんと手のなかにある。少しぐらいの苦痛は、この満足さで消えてしまう。なにかに火をつけ、あかりとしてくれ。それを、この目で見たいのだ」

頭をあげて、手のひらをひろげる。あかりに照らされたそれは、つばめの古いフンだった。それを見て、中納言はがっかり。

「貝はなしか」

むなしい結果。

努力のあげく、なにも得られない。家に運ばれ、寝たままの日常。腰をやられて、立てないのだ。衣服の出し入れもできない。

姫にとどけるための箱も用意してあったが、フンを入れるわけにいかない。これだけの苦労をしたと伝えたくても。

ばかげたことをやって、こんな症状になってしまった。人にも話せないし、知られるとみっともない。

気にすると、ますます弱まってゆく。弱まると、わが身があわれに思え、さらに沈んだ気分になる。

かぐや姫は、このことを知り、なぐさめの和歌をとどけた。

年を経て浪立ちよらぬ住の江の
　まつかひなしと聞くはまことか

ごぶさたですが、いかがなさっておいでですか。おたのみした貝を待っても、むだというわけですか。この住の江とは、松の名所で、言葉のあそび。

そばの人が読んであげると、中納言は弱っている気分を振りしぼり、苦痛をしのんで頭を枕からあげ、手伝ってもらって、紙に歌を書いた。

かひはかくありけるものをわび果てて
　死ぬる命を救ひやはせぬ

貝はだめでしたが、思いがけず和歌をいただけました。やってみたかいはあったのでしょう。せめて、一目でもお会いできれば、死んでしまうわたくしへの、大きな救いになりますのに。

書き終えると、息が絶えてしまった。そのことを聞いて、かぐや姫は少し同情なさった。これは前例のないことで、人びとのなかには「やっただけの、かいはあった」と言う人もいた。

甲斐があったと書くが、もとは〝効〟だったようで、このほうが意味が通る。

子安貝は買うわけにいかず、名案をかいかぶって、かいがいしく動いてみた。つばめの飛ぶのをかいくぐったが、失敗。姫をかいまみることなく、人生に幕。

ちょっと、ひと息。

どうも、うまくいきませんな。

この人物の特色は、他人の意見をつぎつぎに求め、よりよい意見があると、それを試みる。最後には、自分で確認しようとする。経営学のはじまりみたいだ。

横道にそれるが、つばめについて書いておく。漢字だと燕。妙な字だ。昔は神秘的な鳥とされていた。

暖かくなると出現し、秋になるといなくなる。渡り鳥と知らない人たちは、どこに消えるのか、ふしぎがった。木の穴にかくれるのかと思った人もいた。中国には、泥の中で春を待つとの説もあった。

地上にはめったにおりず、飛び方の早さ、害虫を食べて農作を助けてくれる。子安貝とは、安産のおまもりだが、つばめのとなると、一段とありがたい品なのだろう。子を生むと、何ヵ所も書かれている。なぜ卵でないのか。その区別は、なかったのかもしれない。

この部分の物語の面白さは、自主性のない人物と、その部下の男たちの、ドタバタにあるのは、すぐにわかる。しかも〈かいがない〉のしゃれで、死んでしまうのだ。無責任に物語を聞いていれば、中納言でも失敗だったなで終り。

しかし、当人にとってはね。ついに死者が出たのだ。その立場になれば、悲劇そのものだ。会った人でないからむりもないが、姫は「少し」同情しただけ。

この冷血の女めと言いたいとこだが、勝手に思い込んで、そのあげく死んだのだ。のちの時代には、主義、信念、時には目立ちたがりで死ぬ人も出る。死について考えさせますね。

これで、五人はすべて失格。読むほうは、なんだかものたりない。作者たるもの、その期待に応じなければならない。前の男は、海で死にかけ、今回は現実に死んでしまった。

同じことのくりかえしでは、この先をついてきてくれない。話を作るのは、楽じゃないのだ。日本最初の物語だから、参考になる本があるわけじゃない。

しかし、そんなことは、覚悟の上だ。むろん、作者はそう思っていただろう。一転し予期しなかった人物を登場させる。

その人とは。

八、ミカドのおでまし

さて、このような話がひろまり、かぐや姫がいかに美しいか、だれもが語りあった。それはミカドの耳にも入った。

ミカドとは帝と書くが、本来は直接に名をあげては恐れ多いので、御所（ごしょ）の門を御門（みかど）と呼び、それに代えた。だから、ミカドには敬称をつけない。

ある日、ミカドは宮中に仕える女性、中臣（なかとみ）の房子（ふさこ）に言われた。

「どうやら、多くの男たちが、かぐや姫を手に入れようと、つとめたらしいな。みな、みじめな失敗に終り、なかには命を失ったのもあるとか。どのような女なのか、出かけて見てきてくれぬか」

「はい、行ってまいります」

房子は、ミカドの思いももっともだと、竹取の家を訪れた。家の者たちは、宮中からのお使いとあって、かしこまって迎えた。房子は、じいさんの妻、ばあさんに言った。

「よろしいか。ミカドのお望みで、やってきました。かぐや姫は世にも珍しく美しいので、見てまいれとのお言葉。わたしがうかがったのは、そのためです」

ばあさんは、頭を下げた。

「しばらくお待ち下さい。本人にそのことを伝えますから」

そして、家のなかの姫に話した。

「……というわけなのです。いままでの、ほかの男たちとはちがいます。ミカドのお使いなのです。早く、お会いしてさしあげなさい」

「そう言われても、あたしはべつに美しいとは思っておりません。お見せするほどの顔ではありません。お会いしません」

その気になりそうにない。ばあさんは、困ってしまった。

「そのようなことを申しては、なりません。ほかならぬ、ミカドのお使いなのですよ。軽くあしらっては、いけません」

「かまわないでしょう。使いの者なのです。ご本人ではないのですから。かわりに見てこいと言われ、やって来た人」

きげんも悪くなり、会おうとしない。

ばあさんにすれば、ずっと育ててきたし、本当の子と思って毎日をすごしている。しかし、こうなると強くも言えない。これまでにも、せっかくのいい話を、何回もことわってきている。こんどもか。

お使いの房子のところへ戻って、ばあさんは言った。

「まことに恐縮なことですが、あの子はまだ幼く、世間しらずで、分別もない。わがまな性格で、言い聞かせても、いやがるばかりなのです。申しわけありませんが」

房子も、すぐ引きさがるわけにはいかない。

「かならず見て来いとの、ご命令なのです。それをせずに、ただ帰るわけにはまいりません。ミカドとは、この国で最も高い身分のかたですよ。あなたがたは、ここに住んで暮らしている。そこをお考え下さい」

声を強め、説得の意味をこめて言った。それは、かぐや姫の耳に入った。力ずくのようなのが気に入らないらしく、こう答えた。

「むりにでも引き出したいのなら、殺してからなさったらいいでしょう」

どうにもならない。これ以上いくら話しても、むだなようだ。あまり、こじらせたくもない。

房子は引きあげ、ミカドにそのいきさつを報告した。ミカドはうなずく。

「そうか。かなりのわがままだな。そのため、命を失う者が出たりしたのか。そういう女が、いたとはな」

それで、いちおうことがすんだ。

しかし、ミカドは、気になってならない。ひとり、つぶやいたりする。

「会いませんの返事で終りでは、すっきりしないし、こちらの立場もない。なにか手をつくしてみよう」

そこで、竹取りじいさんを呼び出して、こう告げた。

「おまえの家にいるかぐや姫を、ここへよこしなさい。そば仕えをさせたい。かなりの美しさと聞いたので、使いの者を行かせたが、会ってくれなかった。どうも、すなおでないな。どんな育て方をしたのか」

じいさん、頭をさげて申し上げた。

「育てはしましたが、実の姫ではないので、ゆきとどかない点はお許しを。あれには宮仕えのような、行儀作法にしばられたことなど、できっこありません。あつかいにくい性質です。しかし、せっかくのお話。帰って、あらためて言いつけてみましょう」

その答えに、ミカドは期待をかけて言った。

「よろしくたのむ。姫は、おまえとは長く暮していて、親子のようなものではないか。宮仕えといっても、わたしのそばにいてくれるだけでいいのだ。そうなれば、おまえに五位の位を与えよう。約束する」

その身分になれれば、宮中へ自由に出入りできる。じいさんは、喜んで家に帰り、かぐや姫にわけを話した。

「これほどまでに、ミカドはおっしゃられたのだ。宮仕えしてもいいのではないか。ありがたいお言葉と思うが」

姫の答えは、これまでと同じ。

「そのようなことをする気には、どうしてもなりません。いやなのです。むりにでもさせたいのなら、夜逃げをして、姿をかくしてしまいますよ。それほど位がほしいのでしたら、わたしは宮中へあがり、そのあと、死ぬか消えるかいたしましょう」

それを聞いて、じいさんは驚いた。

「なんということを。わが子に死なれてまで、位や官職をもらおうなど、思ってはいない。しかし、なあ、宮仕えとは、死よりもつらいような仕事ではないのだよ。なりたがる女も多いのだ。わたしには、そこがよくわからんのだ」

じいさん、しきりに首をかしげる。姫は言った。

「これまで、いろいろなことがあったでしょう。わたしは、男のかたに仕えるのが、いやなのです。たくさんの財産を使ったり、命を落とされたかたもいました。それでも、わたしはお断わりしました。おわかりでしょう」

「そうだなあ」

「このお話は、ついこのあいだはじまったばかり。ほかのかたがたには、何年もの年月をお待たせした上でです。ミカドだから、はい、すぐにでは、ほかのかたがお気の毒ですし、みっともないと思われます。うそではありません。死ぬか消えるかになってしまいますから」

「それなりに考えた上でのようだな。これからミカドにお会いし、宮仕えの件はその気になれないとお伝えしてこよう。おまえに死なれては、なにがどうなろうと、これほどの悲しみはない」

竹取りじいさん、出かけていってミカドに申し上げた。

「どうも、たび重なる失礼をお許し下さい。ミカドのお心のありがたいこと、いやな仕事ではないことを、くわしく説明したのですが、あの子の気を変えさせることはできませんでした。力ずくなら、死ぬの消えるのとまで言います。わたしが育てはしましたが、もとは竹林のなかでみつけたのです。どこか普通の人と、感じ方がちがっているようで、あつかいにくいのです。申しわけありません」

ミカドも、それ以上はむりと思った。

「やむをえないな。宮仕えさせるのは、あきらめよう。そうだ。そういえば、おまえの家は山のふもとのあたりだったな。わたしが狩りに出かけ、そのついでに立ち寄ってみようか。そうすれば、顔を見ることもできるだろう。せめて、それぐらいは手伝ってくれないか」

そのたのみには、じいさんも断われない。

「いいお考えですね。それでしたら、お力になりましょう。あの子が気をゆるめて、のんびりしている時に、ふいにお立ち寄りになれば、ごらんになれましょう」

いつにしたらいいかを打ち合せ、ミカドはお供を連れて、狩りに出かけられた。お供の人たちも、なぜ急にと、ふしぎがった。

家に近づくと、じいさんが出迎え、ミカドをそっとなかへ案内した。そこには、きよらかで美しい人がすわっている。あたりには光がただよい、この世の人とは思えない。かぐや姫に、ちがいない。

そばへ寄ろうとすると、奥へかくれようとする。着物のそでをつかもうとしたが、姫はたもとで顔をかくしてしまい、はじに手が触れただけ。

顔をかくしたが、ミカドはさきほど、気づかれずに見ている。忘れようもないほど美しい。そでを、もう一方の手でつかむ。

「逃げないでくれ」

引き寄せようとすると、かぐや姫はお答えした。

「この、わたくしのからだが、この国に生れたものでしたら、ミカドのために、どのようなことでもいたしましょう。それが、ちがうのでございます。なんとかして連れていこうとなさっても、そうはいかないと思います」

「そんなことは、ありえない。いま、ここにいるではないか。この手で、そでをつかんでもいる」

ミカドはお供の者たちに声をかけ、輿（こし）という乗り物を、こちらに持ってくるよう命じた。その上に、移せばいいのだ。

そのとたん、かぐや姫は影のように消えてしまった。手のなかのそでも、見えなくなった。けはいは感じられるのだが。

「こうなってしまうとは、思ってもみなかった。せっかく、手にしたのに。普通の人間とは、ちがうのだな。じいさんから、それは何回も聞かされていたが……」

ミカドはつぶやき、立ちつづけた。姫は近くにいるようだし、立ち去る気にもなれない。たのみこむ口調で呼びかけた。

「わかった。もう、連れていこうとは言わない。しかし、このまま別れるのも、心残りだ。もう一回、もとの姿になって下さい。その上で帰りましょう」

かぐや姫は、ふたたび現われた。たもとでかくしているが、顔つきはよくおぼえている。この上なく美しい女性が、ここにこうしているのになあ。ミカドであっても、できないこともあるとは。

あきらめねばならないようだ。だまってうなずくと、姫は奥へと入っていった。ミカドは、じいさんに言った。

「なんとか、会うことだけはできた。これも、おまえのおかげだ。いろいろと、手数をかけてしまった。礼を言う」

「まことに、行きとどきませんで。おわかりいただけましたでしょう。せっかくのお出ましです。お供のかたたちに、食事やお酒をさしあげましょう。ミカドも、ごゆっくり」

ひそかなお出かけとはいえ、ミカドともなると、おそばの人や警備の人など、目立たぬよう従ってきた人数も多い。じいさんとすれば、姫のおかげで豊かになったわけでもあり、姫に代ってのもてなしのつもりだった。

それも終り、ミカドも帰途につかれた。かぐや姫を残したままとは、残念でならない。魂を残して行くようだ。乗っている輿の上で、和歌を作った。

帰るさの行幸（みゆき）もの憂く思ほえて
　そむきてとまるかぐや姫ゆゑ

姫の心がわたしに背をむけたので、わたしのからだは、そちらに背をむけて帰らなければならない。きょうの訪れは、心残りの結果となってしまった。

それをとどけさせると、姫からのご返事の歌があった。

葎はふ下にも年は経ぬる身の
　なにかは玉の台をも見む

むぐらとは、つる草のこと。そんなものにかこまれた家で、年月をすごしてきた、身分の低い者でございます。玉のように貴いお家柄のかたとは、つりあいません。

ごらんになったミカドは、頭がからになった気分だった。戻りたいけれど、姫の心はこの歌ではっきりしている。もの思いにふけって、ここで一夜をすごしたいが、何十人ものお供がいるのだ。宮中に帰らなければならない。

それからは、ミカドにとって、つまらない日々がつづいた。おそばにいる女性たちは、えらびぬいた美しさの持ち主のはずだ。そう思ってもいたのだ。

しかし、かぐや姫を見たあととなっては、どうしても、くらべてしまう。そして、ここは気の沈む場所ということになる。

お后や女官たちの部屋へ出かける気にもならない。ひとりで、ぼんやりと日をすごす。折にふれ、姫に手紙をお書きになる。それは心のこもった文だった。

かぐや姫のほうも、それに対し、感情を文にしたご返事をさしあげた。木や草の、四季の変化の眺めなどを和歌にしたりして、手紙のやりとりがつづいた。

さて、ひと息。

ついにミカドのお出ましとは。かぐや姫も、いままでの男たちとは、ちがった応対をすることになる。

現代の読者だと、五人の男をふみ台として、貴いミカドに近づいたと受け取るかもしれない。この作者としても、それも計算に入れてはいたろう。

しかし、じいさんとの打ち合せにより、ミカドは姫の顔をまともに見ることができた。姫にすれば、顔を見られてしまったのだ。瞬間的とはいえ、視線が合った。

当時として、これは心を動かす大きな原因になったようだ。会っていなければ、どんなにも警戒的になれるし、冷たいあしらいもできる。

一目でも会ってしまうと、死ぬの消えるのとの強硬さも、調子が下る。そのあたりを考え、ミカドはじいさんの協力で、ほかの男とちがう立場に立てた。

あるいは、ミカドは好ましいかただったのかもしれない。いやしくも国をおさめる身だから、人徳もお持ちだったろう。これだけ思いがつのれば、部下の兵を動かせた。しかし、権力も使わず、ミカドとしての地位もわきまえ、おとなしく宮中へ戻った。かぐや姫も、そこに同情したのだろう。

それにしても、かぐや姫は、まだなにが不満なのだろう。

そう思わせるところが、この物語の作者の巧妙なところ。まさかという人物まで、登場させてしまった。ここまできたら、読む側もあとをあきらめる気にはならない。

これから、どうなるのだろう。ミカドが着物のそでを手にした時、姫は姿を消し、願うと、また現れた。場所を自由に移動できるのだろうか。そうらしい。そうでなかったら、そもそもの最初、竹の節のなかにいたのが変だものね。

なにかが起りそうな感じが、ただよっている。はたして。

九、天の羽衣（あまのはごろも）

そんなことで、手紙で歌のやりとりをし、表むき会えないが、内心の親しさをかわしあった。三年ほどたったろうか。

その年の春のはじめのころから、姫は晴れて月の美しい夜に、普通の時にくらべ、考え込むようすだった。心も深く沈んでゆくようだ。

そばで世話をしている人が、やめさせようとした。

「月を見るのは、およしになって下さい。からだや心に悪いとされていることです」

あれは夜の暗さのなかにあって、細くなったりもする。

しかし、ひまがあり、人がそばにいないと、月を見て悲しそうに泣いている。

七月十五日の夜の月。なお、これは旧暦であり、十五夜は満月。この次の満月が、中秋の名月で、とくに明るいとされている。

それを眺めるかぐや姫は、悲しがって泣くのが、かなりはげしくなった。そばの人が、竹取りじいさんに、そのことを報告した。

「姫は以前から、月を気になさるようすでしたが、最近は普通ではありません。心配です。なにか、よほど思いつめて悩んでおいでのようです。よくない変化があるといけませんので、ご注意なさって下さい」

じいさんも思い当ることがあるので、かぐや姫に聞いた。

「月を見て、そんなに深く悲しがるのは、どういう気分からですか。生活が苦しいわけでもないし、男の人たちには思いを寄せられている。楽しがっていいのではありませんか」

姫はそれに答えた。

「べつに、悲しがってはおりません。うまく話せませんが、月を見ていると、なんとなく、この世で生きていることに、むなしいような、さびしいような感じがするのです。やめようとしても、押さえられません」

かまわないで欲しいらしい。それから何日かして、じいさんが姫のようすを見ると、やはり元気がない。もの思いにふけり、前よりよくなったようすもない。

「なあ、わたしの宝である姫よ。いったい、なにを考えて、さびしがっているのです。

心配ごとなら、打ちあけて下さい。できるだけのことはしますよ。それには、話してもらわなければ」

「どうしてなのか、わたしにもわからない。どうしたらいいのか、落ち着かないのです。もう少し、待って下さい」

「いっそのこと、月を見なければいいのではないかな。おやめなさい、それで悲しくなるのなら」

じいさんの考えは、それぐらいしかなかった。姫は答える。

「そうもいきません。夜になると、月は空に出ます。つい、見てしまいます。目がそちらをむいてしまうのです」

それは、だれにもやめさせられない。月の出のおそい時期には、しばらくおさまっていたが、それも限りがある。旧暦の三日、三日月を見ることができるようになり、月が少しずつふくらみはじめると、悲しさをこらえきれず、ため息をつき、泣いたりする。

そばの人たちは、話しあう。

「なにかなかったら、あんなに涙を押さえたりはなさらぬはずだ。しかし、だまったままでは、どうしようもない」

じいさん夫婦に告げても、それへの案はなにもなく、おろおろするばかり。

八月の十五夜にあと何日と迫った晩。かぐや姫は、半月をすぎてさらにふくらみかけた月を見て、これまでになく激しく泣いた。

これまでは、悲しみをこらえてという感じだったが、いまはあたりかまわず泣いている。竹取の夫婦や、そば仕えの人びとも、驚いて聞いた。

「どうしました。わけを話して下さい」

かぐや姫は、泣きながら言った。

「ずっと以前から、いつ本当のことを申しましょうか、何回も考えました。けれど、それを知ると、おじいさん、おばあさんが、どんなに悩み、悲しむかと思って、口をつぐんでしまいました。それで、ここまできてしまいました。もう、だまりつづけではいられません。いま、なにもかもお話しいたします」

「どういうことか」

「じつは、わたくしは、この世の者ではないのです。しかし、妖怪でも、なにかが化けているのでもありません。ここでない場所、月から来た者なのです」

「あの、空の月か」

「はい。そのかなたから、月を経て送られてきました。なにかわけがあって、この国へと来ることになってしまいました。くわしいことは、おぼえていません」

「そうとはなあ」

「それが今や、もとの場所へと帰らなければならなくなりました。月の方角から、そのことが伝わってくるのです。この十五日の夜がその時です」

「なんと」

「その夜に、むこうの国から、迎えの人たちが来るのです。このことは、どうにも変えようがありません。このお話をしたら、さぞ、おなげきになるだろうと、ことしの春から思い悩んでいたのです」

姫は泣き、涙にむせんだ。あまりのことに、竹取りじいさんは、息をのんだ。やがて、考えをまとめるように言った。

「まさかといったお話だ。涙ながらのそのようすは、でまかせとは思えない。そもそもですよ、わたしは姫を、竹のなかから見つけた。その時には、草の種ほど、小さな小さな姿だった……」

当時を思い出しながら、つづける。

「……ここでお育てし、いまは普通の人と同じような大きさになりました。わが子ときめて、悪いわけがない。それを連れ去りに来るなど、だれに許されます。そんなことが、この世にあっていいことでしょうか……」

不満や怒りがこみあげてくる。

「……そうか、この世のことではないのだったな。ああ、姫がいなくなるのなら、死ぬのは、わたしのほうだ。生きている気力もなくなってしまう」

じいさんも、泣きながら叫んだ。心の乱れを、押さえきれないらしかった。それにむかって、かぐや姫は言う。

「月のかなたの都には、わたくしの父と母がいるはずです。この国には、ほんのしばらくということで、送られてきたようです。それが、こんな長い年月、お世話になってしまいました。むこうとこちらでは、時の流れがちがうのでしょうか、時の感じ方がちがうのでしょうか……」

姫は、ひと息ついてつづけた。

「……じつの父や母のことは、なにもおぼえていません。長くここにいたので、ここの国の人という気持ちになってしまいました。自分の国へ帰れるとなっても、うれしいなど少しも思いません。悲しさだけしかありません。それでも、帰らなければならないようです。わたくしのからだの、なかかそとか知りませんが、見えない力でそうさせられてしまうようです」

と姫も、じいさんたちとともに、声を高めて泣く。そばで身の回りのことを手伝っている人びとも、同じようになげき悲しんだ。ずっと親しく、身ぢかにいたのだ。姫の性格は美しく上品だった。あらためて、そのことを感じさせられた。

それが急に、別れなければならなくなったとは。見なれていたとはいえ、なにごとにもかえられない存在だった。そうなると、食事ものどを通らなくなるだろう。またも、涙がこみあげてくる。

竹取の家の人たちが困っているらしいとの話を、ミカドはお聞きになった。使いの者がやってきたが、出迎えたじいさんは、泣きつづけるだけ。

使いの者には、じいさんが心配のあまり、ひどくふけたように見えた。ひげの白さもふえ、しわも深く多くなり、腰もまがり、涙で目がただれている。驚きと悲しみは、人を弱まらせる。

役目として、じいさんに聞いた。

「なにか、ひどく思い悩み、悲しんでいるというが、どうなのか。ミカドはたしかめてくるようにと、おっしゃった」

そこで、じいさんは泣きながら、いきさつを申し上げた。

「ミカドもお気にかけて下さるとは、ありがたいことです。姫の話によると、この十五日の夜、月のかなたの都から、連れ帰る人たちが来るのです。もし、お力を貸していただけるのでしたら、多くの武士を、よこしていただきたいものです。迎えにやって来た人たちを、つかまえて下さい。お願いです」

「そうミカドに報告しましょう」

使いの者は宮中へ帰って話した。じいさんは疲れはて、急に年をとったような外見になっている。空から十五夜に来る人たちを、防いでいただきたいとのこと。

ミカドは、うなずいて言った。

「わたしは、一目かぐや姫を見ただけで、忘れられない思いにとらわれてしまった。じいさんはじめ竹取の家の人たちとなると、朝から夕方まで、長いあいだ姫と暮していた。それがいなくなるのだから、いかに悲しがるか、わかるよ。できるだけのことはしよう」

その、十五日となった。

すでに、ほうぼうの役所にミカドの命令が伝えられていた。武士たちも人数がそろえられ、やるべきこともしらされていた。

さしずする係として、中将の高野の大国が当てられた。もともとは宮中を護るのが役目の武士たち、二千人。それらが、竹取の家へと、さしむけられた。

竹取の家の各所で、守りにつく。まわりの土を盛ったかこいの上、そとや内側などに千人。家や倉や小屋の屋根の上、庭、木のかげなどに千人。

すきまもなしに人がいるのだ。そのほかに、家にやとわれている人たちもいる。弓矢は、その人それぞれに行き渡っている。家のなかでは、女性たちも、姫のために働こうと身がまえている。

で、かぐや姫。厚い壁の倉のなかで、おばあさんが姫を抱いている。じいさんは、きびしく戸締りをした。

「これだけ、守りをかためているのだ。天からやって来る人に負けるわけがない……」

窓からそとをのぞき、屋根の上にいる人に声をかける。

「……なにかが空のほうで動いたら、どんな小さなものでも、矢でしとめて下さい」

その人は答えた。

「やりますとも。われわれは、そのために来たのです。夕方に飛ぶ一匹のコウモリでも、うちおとします。それを、さらしものにしますか」

じいさんは、たのもしく思って喜んだが、かぐや姫は言う。

「わたしのために、このようにたてこもり、戦いのための用意をととのえても、あちらから来る人にはかなわないでしょう。忘れていたことが、少しずつ心によみがえってきます」

「しかし、これだけの守りだ」

「弓矢も、なんの役にも立たないでしょう。いかにとじこもっても、むこうは、たやすく開けてしまいます。いまは激しく戦おうと思っていても、いざとなると、その勢いは消えてしまうと思いますよ」

じいさんは、せっかく姫のために人びとが来てくれたのにと、自分をはげますように言った。

「力のかぎり、やってみます。連れに来た人がここへ来たら、わたしが飛びかかる。目をこの爪で突いてやる。髪の毛をつかんで、引き倒してやる。着物を引きさき、尻を出して、ひっぱたく。みなにそれを見せて、恥をかかせてやる」

かぐや姫は、じいさんの気を静めようと、ゆっくりと話しはじめた。

「そんな大声を、お出しにならないで下さい。屋根の上の人たちにも聞かれてしまいます。お気持ちはわかるのですが、あまり取り乱しては、みっともないでしょう。お別れの時なのですから……」

姫は思い出をふりかえる。

「……わたくしとしても、これまでのご恩のありがたさに、ゆっくりお礼も申し上げるひまもない。このまま行かなくてはならないのは、心残りでなりません。長くいてもいいきまりだったら、どんなにうれしいことでしょう。それが、そうでないのですから、残念でなりません……」

ため息をつき、つづける。

「……育てていただいたのに、なにもむくいてさしあげることができない。むこうの国へ行くのも、そのことを気にし、苦しい気持ちでの旅になりましょう。春ごろから、月の出る夜はそれにむかい、わたくしの願いを伝えようとしました。帰るのを一年、せめて半年でも、あとにしていただきたいと……」

おわびの言葉でもあった。

「……それは許されませんでした。そのため、なげいた姿をお見せしてしまいました。ここへきて、大変なご心配をかけ、たくさんのお手数もおかけしました。もう、胸のつまる思いです……」

どうにもならない運命なのだ。

「……月のかなたの、あの都では、だれもが美しく、そこでは年をとるということがない。また、心を悩ますようなことも決して起らない。はっきりと思い出せるようになりました。それなのに、帰れるのがうれしくありません。ここの人たちに、親しみを持ってしまったからでしょう。それに、育ての親のお二人を、そのままにして帰るのです。余生のお世話もできないまま。心残りですし、こんな悲しいことはありません」

またも、泣くのが激しくなった。じいさんは、なぐさめて言った。

「そう、なにもかも悪い方へと考えたりしないで、元気をお出し下さい。どんなに美しく強い人が来ても、大丈夫ですよ。武士たちがこんなに集まったのは、いままで見たこともない」

防げないわけがないと思っている。

そのうち、夕暮れが過ぎ、夜となる。満月がのぼった。中秋であり、空気も澄んでいる。

時刻は、真夜中ごろになった。

竹取の家のあたりが明るくなり、満月の光が十倍になったようだ。その明るさが、さらに増し、昼かと思えるほど。そばの人の髪の毛も一本ずつ、見わけられる。

その光のなかを、高い空から、何人かの人が雲に乗って、おりてきた。そして、地面から人間の高さあたりの場所に、浮かんだまま並んだ。

これを見ると、家にたてこもった人たちも、そとにいた人たちも、なにかの力で勢いを押さえられたようになった。戦おうという気持ちが、うすれる。

このままではと、なんとか弓矢を手にしようとしても、にぎる力が出ない。いつも勇ましいのがとりえの者が、やっとのことで、矢をはなった。しかし、ちがった方向へ、少し飛んだだけ。

そんなわけで、だれも、さっきまでの心はどこかへ消え、からだも考えも自分のものでないようになり、ぼんやりと顔を見あわせるだけ。

その、地面から浮いて立ち並んだ人たち。身につけている衣服は、たとえようもなくすばらしい。そばに、空を飛べる乗り物も浮かんでいる。その屋根は、絹の傘（かさ）のようだった。

その人たちのなかの、とくに地位の高いらしい人が、家にむかって言う。

「ミヤツコという者、ここへ出てきなさい」

本名を呼ばれ、竹取りのじいさんも、さっきまでの気持ちを失っている。なにかに酔ったような感じで、前へ出る。ひざまずき頭を下げた。

天からのその人は、告げる。

「よく聞くのだ。おまえは、とくにすぐれた人でも、とくに世につくした人でもない。しかし、善良な人であり、小さなことで、多くの人びとを手助けした。そのため、姫をしばらくのあいだ、そちらに預けたのだ。それによって、竹のなかから黄金を手に出来、昔とくらべようのないほど、豊かになった。わかったな」

「はあ」

「そもそも、かぐや姫はだな、われわれの国で、してはいけないことをなさった。ここの言葉では、罪をおかしたとでも言うのかな。そのむくいとして、この、つまらない国へと送られたのだ。もともと、おまえたちとは、つきあえない立場なのに。姫も、それなりに苦しまれたはずだ。もうよかろうと、迎えに来た。めでたいことだ。悲しむべきことではない。おまえには、どうしようもないことだ。早く姫を出しなさい」

思いもよらぬ話で、じいさんは答えて言った。

「かぐや姫は、ここでお育ていたしました。二十年ちかくになりましょう。しばらくのあいだとの話ですから、年月がちがうのではありませんか。おさがしのかぐや姫は、うちにいる姫ではなく、別なところにおいでのかたではございませんか……」

じいさんは、無理らしいと知っても、できるだけのことは言った。

「……ここにいるかぐや姫は、いま重い病気でございます。出かけることなど、できないでしょう」

相手は、そんなことには答えようともせず、家のほうへと、飛ぶ乗り物を近よせる。

「さあ、かぐや姫よ。帰れる時が来たのです。このようにけがれた地、おろかな人の多いところに、とどまっていなくてもよくなったのです。お出になって下さい。どうぞ」

と大声。

たちまちのうちに、締めてあった戸がひとりでに開く。各所の格子戸も、人がさわりもしないのに、みな開いた。

かぐや姫は、おばあさんに抱きしめられていたが、外に出てきた。どうにも防ぎようがない。じいさんは、地面にすわったまま、姫を見つめて泣いている。

かぐや姫は、どうしようもなく泣きつづけている、竹取りじいさんのそばへ寄って言う。

「わたくしだって、帰りたくて帰るのではありません。望むようにできないのです。せめて、高い空で姿が見えなくなるまで、見送って下さい」

しかし、そんな気分にはなれない。

「そう言われても、見送るというのは別れです。悲しみがつのるだけ。わたしは年寄りだ。このあと、どう生きればいいのです。連れていってもらうわけには、いかないのか」

じいさん、泣くのをやめない。姫も、気の毒と思うが、いい方法も思いつかない。

「それでは、手紙を書いて、それを残しておきましょう。わたくしを思い出したら、お読みになって下さい。声を聞くような気持ちに、なれるかもしれません」
そして、泣きながら文を書いた。

父や母を嘆かせ、悲しませながら行ってしまうようなことは。ずっとおそばにいて、いつまでもお世話をしたいのです。それは、心残りでなりませんが、やむをえないのです。

わたくしも、この国に生れた普通の人でしたら、こんな別れはいたしません。

これまで着ていた着物をぬぎますので、思い出の品となさって下さい。また、月の出る夜は、それを眺めて下さい。わたくしも、そうして悩んだのです。

わがままなお別れなので、気がとがめます。かなたの国へ帰るのではなく、空のなかへ落ちてゆくような気持ちでございます。

それを、そばに置く。

天からの人たちは、二つの箱をここに運んできていた。ひとつには羽衣（はごろも）が入っている。もうひとつには、不死の霊薬が入っている。ひとりが姫に言った。

「さあ、壺(つぼ)のなかの、貴い薬をお飲みになって下さい。この地は、けがれた好ましくない場所です。ご気分も悪くなっていましょう。この薬で身も心も清めて下さい」

さし出す薬を、姫は少しなめて、ぬいで残してゆくつもりの着物のたもとに、残りを入れようとした。年をとったじいさん、ばあさんの役に立てばと。

しかし、そばの天からの人は、それをさせなかった。羽衣を取り出して、姫に早く着せようとする。

「もうしばらく、待って下さい……」

と押しとどめて言った。

「……それを身につければ、ここの人とわかりあう気持ちが、なくなってしまう。すべてを忘れてしまいます。その前に、もうひとりのかたに、手紙を残したいのです」

書きはじめた姫に、天からの人が言う。

「そう、ゆっくりしてはいられません」

ここは、いごこちがよくないのだろうか。

「そんな、いたわりのないことを言わないで下さい。ここの人の心を持つわたしとも、別れるのですから」

静かだが、強い声。そして、ミカドへの手紙を書いた。落ち着いてて、急がされているのを気にしないで。

この家へ、多くの武士たちを、わたくしのためによこしていただきました。お気持ちは、ありがとうございます。しかし、迎えを防ぐことも、ことわることもできません。悲しい思いですし、心残りでもございます。

このあいだ、宮仕えしないかとのお話がありましたが、おことわりいたしました。それも、このようになる運命でしたので、強い言葉を使ってしまいました。わがままとお思いになり、お怒り(いか)になり、ふしぎがられたことでしょう。お会いして、おわびするひまの残されていないのが、気になっております。

今はとて天(あま)の羽衣(はごろも)着るをりぞ
君をあはれと思ひ出でける

この和歌は、かけ言葉もなく、そのまま受け取るだけ。もう今となっては、羽衣を身につけなくてはなりません。すべてとお別れです。ここでの思い出も消え

てしまうでしょう。いろいろのことがありましたが、あなたへの親しさは忘れたくございません。

その手紙に、壺に残っている薬をそえて、武士たちをひきいる者、高野の中将に差し出した。だれも身動きできないので、天からの人が、取りついだ。

そこで、羽衣が着せられた。すぐに、心が変った。竹取りのじいさんたちへの、気の毒だ、悲しいことだとの思いは、なくなった。この国への心残りも消えた。羽衣とは、そういう力をそなえている。姫が乗り物に移ると、それは上へと浮かび、そばの天からの人たちも、ともに空へとむかって、遠ざかっていった。

あとに残された、竹取りのじいさん、ばあさん。泣きつづけ、涙に血がまざるのではと思われるほどだったが、もはやすべてが終ってしまったのだ。

そばの人が、かぐや姫の残した手紙を読んできかせたが、なぐさめの役に立たない。

「姫は、いなくなってしまった。もっと生きていたいなど、少しも思わない。なんのために生きるのか。つまらない世の中だ」

気力もおとろえ、すすめられても薬も飲まず、寝たままになり、起きてなにかをしようともしなかった。

中将は、武士たちをひきつれて、宮中へ戻ってきた。ミカドに申し上げる。

「天から迎えがやってきました。かぐや姫を守ろうと、戦うつもりでしたが……」

うまくいかなかったようすを、くわしく話した。別れぎわに渡された薬の壺と、手紙とをさし出した。

ミカドはそれをお読みになり、そうであったか、いやで断わったのではなかったのかと、あらためて姫をなつかしがった。なにも食べたくなくなり、音楽や舞いで楽しむこともなさらなくなった。

ある日、ミカドは地位の高い人たちを呼んで、聞いた。

「最も天に近いのは、どこの山か」

ものごとにくわしい人が答えた。

「駿河（するが）の国（静岡県）にある山でしょう。唐（から）や天竺（てんじく）は知りませんが、この都から行けるところとなると」

そこで、ミカドは歌を作られた。

逢ふことも涙にうかぶわが身には
　死なぬ薬もなにかはせむ

もう、二度と会うことがない。そう思うと涙が流れ、その海に浮かぶような、さびしさだ。べつに長生きしようとも望まない。いただいた不死の薬も、使う気にならない。

役目にふさわしいだろうと、調の岩笠という者を呼んだ。月にも竹にも縁のある名前だ。

「この歌をかいた手紙と、壺とを持って、駿河の山へ登ってくれ。そして、火をたいて、手紙と壺とを燃やしてくれ。思いがとどくかもしれない。ききめがあったとしたら、この国がいつまでもつづく役に立つかもしれない」

その命令で、武士たちを連れて、山の上へむかった。士に富むで、富士の山と書くようになった。それは不死の山であり、不二の山でもある。

煙は雲のなかへ立ち昇り、いまも頂に煙のような雲のかかることが多い。

あとがき

やっと、ひと息。

物語が完結したので、ページを改めて最後の章について、いくらか書いておく。かぐや姫は、天空のかなたの世界の人。当時とすれば、まさに夢にも思わなかった展開だろう。あれよあれよと感じているうちに、天へ帰ってしまうのだ。それまでの伏線が、生きてくる。

いくらかの問題点は残るが、それは仕方ない。たとえば、姫が自分の身の上を、最初から知っていたのか、しだいに思い出したのか。どちらでもいいが、私は後者をとりたい気分だ。

ラストの光景は、映画「未知との遭遇」を思わせる。UFOに関して、私は昔から関心を持っているが、その実体について、まだ判定は下せない。しかし、目撃談のなかには、光に包まれ、戸がしぜんに開くような例が、いくつもある。なにか関連があるのかもしれない。

かぐや姫の帰る先を、私は「月のかなた」と現代訳で書いた。アポロ乗員の撮影した月面写真を見ては、正直いって、そうしたくなる。

しかし、原文によると、かぐや姫も最初は「月」と話すが、日が迫ると「あの国」とか「かの都」と言うようになる。迎えに来た人たちも「天人」であり「月人」ではない。だから、月を経由して来たとも、とれる。

物語の作者も、天のかなたと、ばくぜんと設定したかったのではないだろうか。月を人に似せた話はあるが、それは神話の形をとってである。住民のいる話は、ほかにないのではないか。

このはるかあと、一六〇〇年代の前半、シラノ・ド・ベルジュラックが『月と太陽諸国の滑稽譚(こっけいだん)』を書き、月をアダムとイブの楽園とした。ドイツの天文学者ケプラーが、太陽系を思考したのは、一五九五年。話題として、耳にしていたのだろう。

かぐや姫の書かれた時代、月の住民という感覚があったかどうか。満ち欠けもするし、月を見つめるなとの文も出てくる。夜空で目立つ月、そのむこうにとすれば、賢明な進め方となると思う。

その八月十五日だが、少し加筆し、旧暦と説明した。現行の太陽暦より、約一ヵ月、うるう月がその前に入ると、二ヵ月ちかくあとになる。いまの十月という場合もある。旧暦だと、十五日は十五夜、満月だ。

もちろん、原文にはない。明治も半ばすぎに「来年の今月今夜のこの月を」とのせりふの小説が書かれた。太陽暦だと、月が出ないことだってあるのだ。

おひまなかたは原文をもだが、気になったのは、竹取りのじいさんの年齢である。初めのほうで、姫に男性との交際をすすめる時、自分は七十になると言っている。月からの迎えの人には、二十年間も世話をしたと言っている。

ミカドの使いに会った時には、五十なのにふけ込んでいるとの描写がある。

書きうつす時のまちがいとの説もある。それなら、逆に直されてもいいのに、そういう本はないらしい。なにか意味があってとは、思えない。五十五から六十五ぐらいの間の事件と考えたい。二十年間とは、天人への大げさな形容だろう。あるいは、五、六年とすべきかもしれない。

物語では、ひとり三年ずつで順次にととられる形になっているが、普通なら、五人が同時にとりかかるだろう。現代なら、他者との競争の話に仕上げるだろうが、それだと複雑になってしまう。これでいいと思う。

持参した不死の薬。じいさんに渡すのを天人がさまたげ、ミカドにならい許す。じいさんには富を与えたから、薬はまだ若いミカドになのか。敬意を表わしてか。ここも、それでいいだろう。他の世界の人の判断なのだ。

ミカドについては、親しみやすい人間に描かれている。その時代は、人口もごく少なかったし、気やすく話せる存在だったのだろう。じいさんだって、直接に会って話せたのだ。帝の字を使いたくなかったのは、そのためである。

想像を絶した発想は、羽衣の作用だ。着ると、すべての思考が一変する。けがれた世から天界へという仏教思想なら、死の意味になりそうだが、そんな印象を与えない。スチーブンソンの『ジキル博士とハイド氏』は、十九世紀後半の作である。

SFの祖、H・G・ウエルズも、タイムマシン、透明人間、巨大生物など、さまざまな空想上の装置や薬や生物を作りあげた。前例だのヒントなどなくても、個人の才能でユニークなものが作れるのだ。

羽衣伝説が先かあとか知らないが、あれは飛ぶ性能が主だ。かぐや姫の作者は、大変な才能である。

羽衣に着がえるところで、私は適当に訳したが、姫は形見にと着物をぬぎ、ミカドへの手紙を書く。どの程度にぬいだか、気にすると、とまどう。すっと読めてしまう部分だが。

結末は、地球人を下級人間としていて、SFのそのテーマの元祖ということになる。いやな気分の効果をねらったのが多い。しかし、ここでは、あっけらかんと終っている。あと味も、とくに悪くない。

寓意(ぐうい)のないのがいい。作者の才能と人柄のせいだろう。ご自由にお考え下さい。お考えにならなくても、けっこうです。面白い話は、決してなにかを押しつけない。

娘を嫁にやるのも、天に帰すのも大差あるまいと思うが、それは現代でのこと。姫はそのまま家に住み、特定の男性が通(かよ)ってくる形でもよかった時代である。

あとは解説で。

ひとつの試みとして、私なりの現代語訳をやってみた。心がけた第一は、できるだけ物語作者の立場に近づいてみようとしたこと。

なにしろ、わが国で、はじめての物語だ。その前に、なかったとは断言できない。しかし、わかりやすく、魅力的で、面白かったからこそ、この物語がその栄誉を与えられているわけだ。

もっとも、社会背景も変っている。原文に忠実なようつとめたが、自分なりのくふうも加え、章の終りごとに、ほどほどの補足も書いた。また、改行もふやした。

訳していて気がついたことだが、かぐや姫が天空の外の人であった点を除けば、なんの飛躍もない。竹からの出生、羽衣などは、それに付随したことである。

動物が口をきくわけでもなければ、神仏もこれといった力を示さない。龍(りゅう)だって現実には出現せず、霊魂もただよわず、ラストの不死の薬はぼかしたまま。

そこが、物語として、みごとなのだ。利益や出世の話だけだったら、つまらない話だ。といって、むやみに鬼を出し、化け物を出し、動物を動かしては、ごつごう主義になる。そりゃあ、超自然的な民話も、ないわけではない。しかし、ごく短いものに限られる。少し長目になると、ルール無視でごたつきかねない。

『竹取物語』では、超自然的な発想はひとつだけで、あとは人間的なドラマである。だから、すなおに面白い。そのノウハウを知っていて書いたのだから、この作者はなみなみならぬ人物だ。しかも、前例となる小説がなかったのだから。

紙に筆で、この物語を一気に書きあげたのではないだろう。話すのが好きで、さまざまな物語を作って話し、その反応のなかから手法を身につけ、まとめて書き残すかとの気持ちになった結果と思う。このあとで多く作られたお姫さま物語の、さらに先をいっているようで、私は皮肉さを感じた。

また、描写を極端に控えているのも、特色である。四季の変化のゆたかな日本なのに、それに関連したのが、まったくない。中秋の名月で、私は少し加筆したが。

姫がいかに美人かの描写もなく、思いを寄せる男性たちの年齢、顔つきも不明。心理描写だって、簡単なものだ。最後の章など「泣く」の表現が多出する。

つまり、発想とストーリーとで、人を引き込んでしまうのだ。構成に自信あればこそだ。描写を押さえると、読者や聞き手は、自分の体験でその人のイメージを作ってくれ、話にとけ込んでくれる。

そのパワーが失われると、はじめの部分で夏の日の描写があったりする。読み終って、夏でなくても成立するのにと、点が悪くなる。美人だって、くわしく描写すると、好みじゃないねと、そこで終り。

蓬莱（ほうらい）など、中国の神話を引用しているが、作者は信じていないし、それは聞き手も同様だったからだろう。仏教も、あまり関係ない。先駆者というものは、時代に恵まれるといえそうだ。

訳では、もっと熟語を使いたかったが、その限界がむずかしい。蓬莱の玉の枝の細工代の未払いの件。当時は金銭以外の物品でも支払われていた。原文は禄（ろく）だが、報酬が最も適当と思った。

ほかに原文では、返事とか功徳（くどく）とか、熟語もいくらか出ている。ふやせば読みやすくなるが、ムードをこわす。自分なりの判断でやるほかなかった。

最も参考になったのは、吉行淳之介訳『好色一代男』（中央公論社）で、訳文とは別に書かれた「訳者覚書」の部分は読んで面白く、まさに同感だった。

そのころの日用語を、対応する現代語になおしただけでは、つまらないものになる。また、なまじ現代でも通じそうな用語には、迷わされやすい。

吉行さんは「さもなき」の形容詞に悩んでいる。「それほどでもない」としたくなるが、調べてみると、むしろ「さも・なし」は強い否定の意味だったらしい。

この『竹取』でも、多くの人は「ともすれば」をそのまま使っているが、現代では意味がずれているし、あまり使われていないのではないか。

『竹取』が『一代男』より楽だったのは、前作がなく、パロディ的な扱いがなかったからだ。『一代男』に「兵部卿の匂い袋」なるものが出てくるが、だれもブランド名と思うだろう。それが源氏物語をふまえたものとはねえ。

吉行さんが、あえて『一代男』を手がけたのは、なぜか。作者の西鶴が花鳥風月に反逆し、面白さの原点に戻ろうとした点にあるらしい。

訳のむずかしさは、外国文の翻訳体験者がいろいろ書いているので、ほどほどにしておく。

ここで参考にさせていただいた書名を並べ、感謝いたします。

中河與一訳注『竹取物語』角川文庫
昭和三十一年初版。私には読みやすかったが、旧字旧かなで、若い人にはどうだろう。それなりの感情が伝わってくるけど。

野口元大校注『竹取物語』新潮日本古典集成
これは原文を主とし、校注がくわしく、もとのままを味わいたい人には、適切な内容だと思う。

川端康成訳『竹取物語』日本の古典　河出書房新社
昭和四十六年刊。これは川端訳というより、監修というべきだろう。若い人の文らしく、そのかわり自由な調子がある。

田中保隆『竹取・落窪物語』古典文学全集　ポプラ社
学校図書館協議会の選定図書で「です・ます」調である。

三谷栄一編　鑑賞日本古典文学『竹取物語・宇津保物語』角川書店

右の五冊、それぞれ感心させられる個所が多かった。ほかにも現代語訳のあることは知っていたが、あまり手をひろげなかった。

文学辞典、百科辞典にも、それぞれ解説はのっている。私の場合、研究者としてでなく、作者に感情移入するのがねらいだったので、くわしいことは略す。

数十年前に、チベットの民話の中国語訳の本が出て『竹取』と類似部分があると話題になったらしい。ここに一冊の本がある。

金子民雄訳　オコーナー編『チベットの民話』白水社　昭和五十五年。

英国での出版は一九〇六年。かなり古い。まえがきで、中国とインドからの物語が多く、ねをあげている。地方色ゼロとも評している。語り手としては巧みな種族らしいが。

ヒンズー教の影響か、動物のからむ話が多い。中国で『竹取』の原形が発見されない限り、日本からの流入と判断するのが常識だ。

『竹取』はストーリーが主で、どこの土地でも通用する話なのだ。私も自作を何回も流用されているので、よくわかる。私の作品は中国語にいくつも訳されているから、いまのチベットで民話あつかいで話されているのではなかろうか。

アメリカ産らしいジョークを読み、面白いと思った。半年ほどしてモスクワから雑誌の編集者が来て、うまい日本語で同じジョークを話した。面白くて作者不明だと、いかに早くひろまるかの、いい例だろう。

それにしても、月とはふしぎな天体である。太陽系の惑星で、これほど大きな比率の衛星はない。しかも、見かけの大きさが太陽と同じ。そのため、日食や月食が起る。中秋の名月の特色は、前日もその次の日も、月の出の時刻にあまり差がないこと。ほかの季節だと一日ちがうと五十分の差があることもある。

生命の発生も、大海のなかではなく、入江のような場所で、潮の満干によってではないかと思う。人体をはじめ、生物のバイオリズム（周期）は、月に関連している。

その満干だが、地中海では差がほとんどなく、エジプト文明、ギリシャ文明などでは、月の影響とは気づかなかった。メソポタミア文明も同じだが、なにかの力を想像してだろう、占星術をうみ出した。

しかし、有史前の日本では、マレー系、南方海洋系の渡来民族もまざっていたはずだ。理解とまではいかないが、なにかを感じていたかもしれない。貝塚が各地に残っているし。根拠のない仮説ではあるが。

いくらかでも月や宇宙や空想に、そして物語の世界に、親しみを抱いていただければと、あまり解説風でない文章を書いたわけです。

竹取物語（原文）

三谷栄一校訂
武田友宏脚注

かぐや姫のおひたち

[一]今は昔、竹取の翁といふもの有りけり。野山にまじりて[二]、竹を取りつつ、よろづの事につかひけり。名をば[三]讃岐の造麻呂となむいひける。その竹の中に、[四]もと光る竹なむ一筋ありける。あやしがりて寄りて見るに、筒の中光りたり。それを見れば、[五]三寸ばかりなる人、[六]いと[七]うつくしうて居たり。翁いふやう、「われ朝毎夕毎に見る竹の中に[八]おはするにて知りぬ。[九]子となり給ふべき人なめり」とて、手にうち入れて家へ持ちて来ぬ。妻の嫗に預けて養はす。うつくしき事かぎりなし。いと幼ければ籠に入れて養ふ。

竹取の翁、竹を取るに、此の子を見つけて後に、竹取るに、節を隔てて、[一〇]よごとに、金ある竹を見つくる事重なりぬ。かくて翁[一一]やうやうゆたかになりゆく。この児養ふほどに、すくすくと大きになりまさる。三月ばかりになる程に、[一二]よき程なる人になりぬれば、[一三]髪上など[一四]さうし

一　それは昔のことですが。
二　分け入って。
三　翁の姓と名。
四　根もと。
五　一寸は約三センチ。
六　とても。たいそう。
七　かわいい様子で。
八　おいでになることから、わかりました。
九　わが子におなりになるはずの人のようだ。
一〇　竹の節ごとに。
一一　だんだんと。
一二　一人前の大きさ。
一三　女子の成人式。髪を結い上げ背に垂らす。
一四　あれこれ手配して。

て、髪上げさせ、[一]裳着す。[二]帳の内よりも出さず、[三]いつき養ふ。この児のかたち[四]の[五]けうらなる事世になく、屋の内は暗き処なく光満ちたり。翁心地あしく苦しき時も、この子を見れば苦しき事もやみぬ。腹立たしき事も慰みけり。

翁竹を取る事久しくなりぬ。[六]勢猛の者になりにけり。この子いと大きに成りぬれば、名を[七]三室戸斎部の秋田を呼びてつけさす。秋田、なよ竹のかぐや姫と付けつ。この程三日[八]うちあげ遊ぶ。よろづの遊びをぞしける。男は[九]うけきらはず呼び集へて、[一〇]いとかしこく遊ぶ。

つまどひ

[一一]世界の男、[一二]あてなるも賤しきも、いかで、このかぐや姫を[一三]得てしがな、見てしがなと、[一四]音に聞きめでて惑ふ。そのあたりの垣にも家の門にも、[一五]居る人だにたはやすく見るまじきものを、夜は[一六]安き寝もねず、闇の夜に出でて[一七]穴をくじり、[一八]かいば見惑ひあへり。さる時よりなむ、

一 女子の正装。後腰に着け、すそを引く。
二 部屋を仕切るカーテン状のもの。
三 大切に育てる。
四 顔かたち。容貌。
五 美しく人目につく。
六 金持ちの勢力家。
七 神を祭る氏族の一つ。「秋田」は名。
八 宴会を開き、歌舞音楽の遊びをする。
九 誰彼の区別なく。
一〇 盛大に。
一一 世の中の男。
一二 身分の高貴な者。
一三 妻にしたいものだ。
一四 うわさに聞いて、恋い慕い、思い乱れる。
一五 家人でさえ容易に見られそうもないのに。
一六 安眠もしないで。
一七 穴をあけ。
一八 こっそりのぞきこんで、心を乱している。
一九 「呼ばひ（＝求

[一九]よばひとはいひける。

[二〇]人の物ともせぬ処に惑ひ歩けども、何のしるしあるべくも見えず。家の人どもに物をだに言はむとて、[二一]いひかかれども、事ともせず。あたりを離れぬ[二二]公達、夜を明し日を暮す、多かり。[二三]おろかなる人は、「[二四]やうなきありきはよしなかりけり」とて、来ずなりにけり。

その中に猶いひけるは、[二五]色好みといはるるかぎり五人、思ひやむ時なく、夜昼来けり。その名ども、石作の皇子、車持の皇子、右大臣阿倍のみむらじ、大納言大伴の御行、中納言石上の麻呂たり、この人々なりけり。[二六]世の中に多かる人をだに少しもかたちよしと聞きては、[二七]見まほしうする人どもなりければ、かぐや姫を見まほしうて、物も食はず思ひつつ、かの家に行きて、[二八]たたずみ歩きけれど、かひあるべくもあらず。文を書きてやれど、返事せず、[二九]わび歌など書きておこすれども、〔かひなし。〕かひなしと思へど、[三〇]霜月・師走の降り[三一]こほり、[三二]水無月の照り[三三]はたたくにも、障らず来たり。

この人々、ある時は、竹取を呼び出でて、「むすめを我に賜べ」と伏し拝み、手をすり宣給へど、翁「[三四]おのが生さぬ子なれば、心にも従

婚〕」に「夜這ひ」をかけたしゃれ。
二〇 人が行こうともしない所。
二一 せめて一言だけでも言おう。
二二 上級貴族の子息。
二三 熱意のない人。
二四 無益な忍び歩きなぞつまらないことだよ。
二五 恋愛の道の達人。
二六 世間にざらにいる程度の女をさえも。
二七 結婚したがる。
二八 うろつき。
二九 嘆きの歌。
三〇 陰暦十一、十二月。
三一 雪が降り、氷が張っても。
三二 陰暦六月。
三三 雷がごろごろ鳴りはためく。
三四 自分たちの産んだ子ではないので、思うとおりにならないでおります。

はずなむある」といひて、月日過ぐす。かかれば、この人々家に帰りて、物を思ひ、祈りをし、願を立つ。思ひやむべくもあらず。[一]「さりとも遂に男合せざらむやは」[二]と思ひて、頼みをかけたり。あながちに心ざしを見えありく。[三]

これを見つけて、翁、かぐや姫にいふやう、翁「我が子の仏、[四]変化の人と申しながら、[五]ここら大きさまで養ひ奉る心ざしおろかならず。翁の申さむ事は、聞き給ひてむや」[六]といへば、かぐや姫、「なにごとをか宣給はむ事はうけたまはらざらむ。変化の者にて侍りけむ身とも知らず、親とこそ思ひたてまつれ」[七]といふ。翁「嬉しくも宣給ふものかな」といふ。翁「翁年七十に余りぬ。今日とも明日とも知らず。この世の人は、男は女にあふことをす、女は男にあふことをす。その後なむ門広くもなり侍る。いかでか、さることなくてはおはせむ」[八]。かぐや姫のいはく、「なんでふさることかし侍らむ」といへば、翁「変化の人といふとも、女の身もち給へり。翁のあらむ限りは、からてもいますがりなむかし。[九]この人々の年月を経て、からのみいましつつ宣給ふ事を思ひ定めて、[一〇]一人一人にあひ奉り給ひね」といへば、かぐや

一　恋心がおさまるはずもない。
二　男と結婚させないことがあろうか。
三　ことさらに姫への思いを見せるようにして歩き回る。
四　仏のように大切なわが子よ。
五　人間でないものが、仮に人間の姿で現れたもの。
六　聞き届けて下さいましょうか。
七　どんなことでも、おっしゃることはお受けしないことがありましょうか。
八　どうして結婚しないでいられましょう。
九　独身でいらっしゃれましょうがね。
一〇　こうしておいでになっては求婚なさることをよく考えて。

姫のいはく、「よくもあらぬかたちを、深き心も知らで、あだ心つき[一一]なば、後悔しき事もあるべきをと、思ふばかりなり。世のかしこき人なりとも、深き心ざしを知らではあひ難しと思ふ」といふ。翁いはく、「思ひの如くも宣給ふものかな。そもそもいかやうなる心ざしあらむ人にか、あはむとおぼす。かばかり[一二]心ざしおろかならぬ人々にこそあめれ」。かぐや姫のいはく、「なにばかり[一三]の深きをか見むといはむ。いささかの事なり。人の心ざしひとしかんなり。いかでか[一四]、中におとりまさりは知らむ。五人の中に、ゆかしき[一五]物を見せ給へらむに、御心ざしのまさりたりとて、仕うまつらむと、そのおはすらむ人々に申し給へ」といふ。翁「よき事なり」と受けつ。

日暮るるほど、例の[一六]集りぬ。あるいは笛を吹き、あるいは歌をうたひ、あるいは唱歌[一七]をし、あるいはうそ吹き[一八]、扇をならし[一九]などするに、翁出でていはく、「かたじけなくきたなげなる処[二〇]に、年月を経てもの[二一]し給ふこと、極りたるかしこまり[二二]」と申す。「『翁の命今日明日とも知らぬを、かく宣給ふ公達にも、よく思ひ定めて仕うまつれ』と申すもことわりなり。『いづれもおとりまさりおはしまさねば、御心ざし[二三]の

一一　浮気心を抱いたら。
一二　こんなにも並々ならない愛情の持ち主ばかりと思われますが。
一三　どれほどの愛情の深さかを見届けようというのではありません。
一四　とてもその中で優劣がわかりますまい。
一五　見たい物を見せて下さる方に。
一六　いつものように。
一七　楽譜を口で歌い。
一八　口笛を吹き。
一九　扇で拍子をとり。
二〇　むさ苦しい所。
二一　お通いになる。
二二　恐縮至極です。
二三　(私の見たい物を見せて下さるなら) ご愛情の深さはわかるでしょう。

ほどは見ゆべし。仕うまつらむ事は、それになむ定むべき』といへば、これよき事なり。人の御恨みもあるまじ」といふ。五人の人々も、「よき事なり」といへば、翁[一]入りていふ。

かぐや姫、「石作の皇子には、[二]仏の御石の鉢といふ物あり。それをとりてたまへ」といふ。「車持の皇子には、東の海に[三]蓬莱といふ山あるなり。それに白銀を根とし、黄金を茎とし、白き玉を実として立てる木あり。それ一枝折りてたまはらむ」といふ。「今一人には[四]唐土にある[五]火鼠の皮衣をたまへ。大伴の大納言には、竜の首に五色に光る珠あり。それを取りてたまへ。石上の中納言には、燕のもたる[六]子安の貝一つ取りてたまへ」といふ。翁、「難き事どもにこそあなれ。この国にある物にもあらず。かく難き事をばいかに申さむ」といふ。かぐや姫、「何か難からむ」といへば、翁、「とまれかくまれ申さむ」とて、出でて、翁「かくなむ。[七]聞ゆるやうに見せ給へ」といへば、皇子達、[八]上達部聞きて、「[九]おいらかに、[一〇]あたりよりだにな歩きそとやは宣給はぬ」といひて、[一一]倦んじて、皆帰りぬ。

一 姫のいる部屋に戻って告げる。
二 釈迦が用いたという鉢。黒色で光る。
三 東海にある仙境。
四 中国の古称。
五 火中に生まれるという鼠の毛皮の織物。
六 宝貝。安産の護符。
七 姫の申すとおりにお見せ下さい。
八 三位以上の最上級の貴族。公卿（くぎょう）。
九 いっそ、素直に。
一〇 この辺をうろつくことさえお断りだと、どうしておっしゃらないのか。
一一 うんざりして。

仏の御石の鉢

なほ、[一二]この女見では、世にあるまじき心地のしければ、[一三]「天竺にある物も[一四]持て来ぬものかは」と、思ひめぐらして、石作の皇子は、心の[一五]したくある人にて、（石作）「天竺に二つと無き鉢を、百千万里のほど行きたりとも、[一六]いかでか取るべき」と思ひて、かぐや姫の許には、（石作）「今日なむ天竺へ石の鉢取りにまかる」と聞かせて、三年ばかり経て、大和の国十市の郡にある山寺に、[一七]賓頭盧の前なる鉢のひた黒に墨つきたるを取りて、錦の袋に入れて、作り花の枝につけて、かぐや姫の家にもて来て見せければ、かぐや姫あやしがりて見るに、鉢の中に文あり。ひろげて見れば、

[一八]海山の路に心を尽くし果てないしの鉢の涙流れき

かぐや姫光やあると見るに、蛍ばかりの光だになし。

[一九]おく露の光をだにぞやどさまし小倉山にて何もとめけむ

とて、返し出す。鉢を門に捨てて、この歌の返しをす。

一二　姫と結婚しないでは、この世に生きていられそうもない気持ち。
一三　インドの古称。
一四　持って来ないでおくものか。
一五　計算高い。
一六　手に入れられるわけがない。
一七　釈迦の弟子の像。前に供物用の鉢がある。
一八　海山の旅路で苦労をし尽して泣き、この鉢のため血の涙を流しました。
一九　せめて露ほどの光だけでもあったらよかったのに、お暗い小倉山などでどうしてお探しになったのでしょう。

白山にあへば光のうするかと鉢を捨ててもたのまるるかな

と詠みて入れたり。かぐや姫返しもせずなりぬ。耳にも聞き入れざりければ、いひかかづらひて帰りぬ。かの鉢を捨てて、又いひけるよりぞ、面なき事をば、はぢを捨つとはいひける。

蓬莱の玉の枝

車持の皇子は、心たばかりある人にて、朝廷には、「筑紫の国に湯あみに罷らむ」とて、暇申して、かぐや姫の家には、「玉の枝取りになむまかる」といはせて下り給ふに、仕うまつるべき人々、皆難波まで御送りしけり。皇子「いと忍びて」と宣給はせて、人も数多率ておはしまさず、近う仕うまつる限りして出で給ひぬ。御送りの人々、見奉り送りて帰りぬ。「おはしぬ」と人には見え給ひて、三日ばかりありて漕ぎ帰り給ひぬ。

かねて事皆仰せたりければ、その時一つの宝なりける鍛冶匠六人を

一　白山のように輝くあなたの前に出されたので鉢の光が消えたかと、鉢を捨てた後も、再び光ることを願い、恥を捨ててあなたのお情けを期待しております。

二　ぐずぐず言って。

三　厚かましい。

四　「恥を捨つ」に「鉢を捨つ」をかける。

五　策略にたけた。

六　ごく内密で行こう。

七　「出発なさった」と、世間の人々には見せかけておいて。

八　あらかじめ、必要な事は皆お命じになってあったので。

九　人間国宝クラスの。

召しとりて、たはやすく人寄り来まじき家を作りて、[一〇]かまどを三重にしこめて、工匠等を入れ給ひつつ、皇子も同じ処に籠り給ひて、[一一]知らせ給ひたるかぎり十六処を、[一二]かみにくどをあけて、玉の枝を作り給ふ。[一三]かぐや姫宣給ふやうに違はず、作り出でつ。[一四]いとかしこくたばかりて、難波にみそかにもて出でぬ。

車持「船に乗りて帰り来にけり」と[一五]殿に告げやりて、いといたく苦しがりたる様して居給へり。迎へに人多く参りたり。玉の枝をば長櫃に入れて、物覆ひて持ちて参る。いつか聞きけむ、「車持の皇子は[一六]優曇華の花持ちて上り給へり」と[一七]ののしりけり。これを、かぐや姫聞き

姫「我は皇子に負けぬべし」と、[一八]胸うちつぶれて思ひけり。

かかる程に、門を叩きて、供人「車持の皇子おはしたり」と告ぐ。「旅の御姿ながらおはしたり」といへば、逢ひ奉る。皇子宣給はく、「命を捨てて、かの玉の枝持ちて来たる」とて、皇子「かぐや姫に見せ奉り給へ」といへば、翁もちて入りたり。この玉の枝に文ぞつきたりける、

[一九]いたづらに身はなしつとも玉の枝を手折らでただに帰らざらまし

一〇　炉を三重に囲み。
一一　お治めになっている十六か所の領地全部。
一二　役人に倉庫を開けさせて、その費用で、の意か。意味不明。
一三　姫がおっしゃるのと寸分も違わない形に。
一四　実に巧妙にごまかして、こっそり難波に運び出した。
一五　皇子の御殿。
一六　三千年に一度花が咲く想像上の植物。
一七　大声で騒いだ。
一八　すっかり意気消沈して。
一九　たとえ自分は死ぬようなことがあっても、玉の枝を折り取らずに決して帰って来たりはしないでしょう。

これをもあはれとも見て居るに、竹取の翁走り入りていはく、「この皇子に申し給ひし蓬萊の玉の枝を、一つの処あやまたずもておはしませり。何をもちて、とかく申すべき。旅の御姿ながら、我が御家へも寄り給はずしておはしたり。はやこの皇子にあひ仕うまつり給へ」といふに、物もいはで頰杖をつきて、いみじう歎かしげに思ひたり。この皇子、「今さへ何かといふべからず」といふままに、縁にはひ上り給ひぬ。翁理に思ふに、「この国に見えぬ玉の枝なり。この度はいかでか辞び申さむ。さまもよき人におはす」などいひ居たり。かぐや姫のいふやう、「親の宣給ふ事を、ひたぶるに辞び申さむ事のいとほしさに」と、取り難き物を、かくあさましくて持て来ることをねたく思ひ、翁は閨の内しつらひなどす。

翁、皇子に申すやう、「いかなる処にか、この木はさぶらひけむ。あやしくうるはしくめでたきものにも」と申す。皇子答へて宣給はく、「さをととしの二月の十日頃に、難波より船に乗りて、海の中に出でて、行かむ方も知らずおぼえしかど、思ふこと成らでは世の中に生きて何かせむと思ひしかば、ただ空しき風に任せて歩く。命死なば如何

一　一点の違いもなく。
二　旅のお姿のままで。
三　自分の御殿。
四　結婚してお仕えなさい。
五　がっかりして、ほおづえをつき。
六　今となっては、とやかく言うべきでない。
七　皇子の行動をもっともだと思う。
八　どうしてお断り申せましょう。
九　断固として拒否することがお気の毒なので。
一〇　意外にも持って来たことをいまいましく思い。
一一　寝室の準備をする。
一二　ふしぎなほど美しくみごとなものですな。
一三　一昨々年。
一四　死んだらそれまで。

はせむ、生きてあらむ限りはかくありて、蓬萊といふらむ山にあふやと、波に漕ぎ漂ひ歩きて、我が国の内を離れて歩きまかりしに、ある時は浪に荒れつつ海の底にも入りぬべく、ある時は風につけて知らぬ国に吹き寄せられて、鬼のやうなるもの出で来て殺さむとしき。ある時には[一五]来し方行く末も知らず、[一六]海にまぎれむとしき。ある時には糧尽きて、草の根を食物とし、ある時は、いはむ方なく[一七]むくつけげなるもの来て、食ひかからむとしき。ある時には、海の貝を採りて命をつぐ。旅の空に、助け給ふべき人もなき所に、いろいろの病をして、[一八]行く方そらもおぼえず、船の行くにまかせて、海に漂ひて、五百日といふ[一九]辰の刻ばかりに、海の中に、[二〇]はつかに山見ゆ。[二一]船の中をなむせめて見る。海の上に漂へる山、いと大きにてあり。その山のさま、高くうるはし。これや我が求むる山ならむと思ひて、[二二]さすがに恐しくおぼえて、山のめぐりを[二三]さしめぐらして、二三日ばかり見ありくに、天人のよそほひしたる女、山の中より出で来て、銀の金椀を持ちて、水を汲みありく。これを見て、船より下りて、『山の名を何とか申す』と問ふ。女、答へていはく、『これは蓬萊の山なり』と答ふ。これを聞く

一五　今まで来た方角、これからの行く方角。
一六　海で行方不明になろうとした。
一七　何とも言いようもなく気味の悪いもの。
一八　どこへ行くやら、行方もわからず。
一九　午前八時ごろ。
二〇　遠くかすかに。
二一　船の中から一心に山を眺める。
二二　うれしく思うものの、やはり。
二三　漕ぎめぐらして。

に、嬉しきこと限りなし。この女、『かく宣給ふは誰ぞ』と問ふ。『我が名はうかんるり』といひて、ふと、山の中に入りぬ。その山、見るに、さらに登るべきやうなし。その山のそばひらを廻れば、世の中になき花の木ども立てり。金・銀・瑠璃色の水、山より流れ出でたり。それには、いろいろの玉の橋渡せり。その辺に照り輝く木ども立てり。その中に、この、取りてまうで来たりしは、いと悪かりしかども、宣給ひしに違はましかばと、この花を折りてまうで来たるなり。山は限りなく面白し。世に譬ふべきにあらざりしかど、この枝を折りてしかば、さらに心もとなくて、船に乗りて、追風吹きて、四百余日になむまうで来にし。大願力にや、難波より、昨日なむ都にまうで来つる。さらに潮に濡れたる衣をだに脱ぎ更へなでなむ、こちまうで来つる」と宣給へば、翁、聞きて、うち歎きて詠める、

呉竹のよよの竹取野山にもさやはわびしき節をのみ見し

これを皇子聞きて、「ここらの日頃、思ひわび侍る心は、今日なむ落居ぬる」と宣給ひて、返し、

わが袂今日かわければわびしさの千種の数も忘られぬべし

一 宝漢瑠璃、と漢字を当てるが、意味不明。
二 まったく登ることができそうもない。
三 傾斜面。
四 取って持参いたしました木。
五 姫のおっしゃったとおりのものでなかったら（よくないだろう）。
六 ただもう落ち着かなくて。
七 ひたすら神仏に願をかけたおかげでしょうか。
八 すっかり感じ入り。
九 代々竹取りの仕事をして、野山で苦労した者でも、あなたのようにつらい目にあっただろうか。
一〇 幾日もの間。
一一 私の濡れた袂も、今日かわいたので、数々の苦しさも自然忘

と宣給ふ。

かかる程に、男ども六人連ねて、庭に出で来たり。一人の男、文挟に文をはさみて申す。「[一二]作物所の工匠漢部内麻呂申さく、玉の木を作り仕うまつりし事、[一三]五穀絶ちて、千余日に力を尽したること少からず。然るに[一四]禄いまだ賜はらず。これを賜ひて、[一五]けこに賜はせむ」といひて捧げたり。竹取の翁、「この工匠が申すことは何事ぞ」と[一六]傾き居り。皇子は、[一七]われにもあらぬ気色にて、肝消えゐ給へり。

これをかぐや姫聞きて、「この奉る文を取れ」といひて見れば、文に申しけるやう、

皇子の君、千日いやしき工匠等と諸共に同じ処に隠れ居給ひて、[一八]かしこき玉の枝作らせ給ひて、[一九]官も賜はむと仰せ給ひき。これをこの頃案ずるに、[二〇]御使とおはしますべきかぐや姫の[二一]要じ給ふべきなりけりと承りて、[二二]この宮より賜はらむ。

と申して細工師「[二三]賜はるべきなり」といふを聞きて、かぐや姫の暮るるままに[二四]思ひわびつる心地笑ひ栄えて、翁を呼び取りていふやう、「誠に蓬莱の木かとこそ思ひつれ。かくあさましき虚言にてありけれ

れてしまうでしょう。
一二　宮中の調度を細工する役所。
一三　食べる物も食べないで。
一四　手当。報酬。
一五　手下の職人。
一六　不審に思って首を傾ける。
一七　正気を失ったような様子で。
一八　みごとな。
一九　官職も授けよう。
二〇　皇子のご側室でいらっしゃるはずの。
二一　所望なさっている品物。
二二　かぐや姫のお邸。
二三　当然いただくはずのものです。
二四　（結婚の夜が近づいて）憂鬱になっていた気分が晴れ晴れとしてきて。

ば、はやとく返し給へ」といへば、翁答ふ。「[一]さだかに造らせたる物と聞きつれば、返さむこといと易し」とうなづき居り。かぐや姫の心ゆき果てて、ありつる歌の返し、[二]

[三]まことかと聞きて見つれば言の葉を飾れる玉の枝にぞありける

といひ、玉の枝も返しつ。竹取の翁、[四]さばかり語らひつるが、さすがにおぼえて眠り居り。皇子は立つもはした、居るもはしたにて居給へり。日の暮れぬれば、すべり出で給ひぬ。

かの愁訴をしたる工匠をば、かぐや姫呼びすゑて、「嬉しき人どもなり」といひて、禄いと多く取らせ給ふ。工匠等いみじく喜び、「[五]思ひつる様にもあるかな」といひて帰る。道にて、車持の皇子、血の流るるまで打ぜさせ給ふ。禄得しかひもなく、皆取り捨てさせ給ひてければ、逃げ失せにけり。

かくてこの皇子は、「一生の恥、これに過ぐるはあらじ。女を得ずなりぬるのみにあらず、天の下の人の、見思はむことの恥かしきこと」と宣給ひて、ただ[六]一所深き山へ入り給ひぬ。[七]宮司、侍ふ人々、皆手を分ちて求め奉れども、御死にもやし給ひけむ、[八]え見つけ奉らずな

一 しかとこの耳で。
二 さきほどの歌。
三 本物かとよく見れば、言の葉を飾ったにせの玉の枝でしたよ。
四 あれほど皇子と意気投合したのが、さすがに気まずく。
五 思っていたとおりですなあ。
六 お一人で。
七 お邸の役人や側近の家来たち。
八 お見つけ申すことができないでしまった。

りぬ。皇子の、[九]御供に隠し給はむとて、[一〇]年頃見え給はざりけるなりけり。これをなむ、[一一]たまさかるとはいひ始めける。

火鼠の皮衣

右大臣阿倍のみむらじは[一二]財豊かに家広き人にぞおはしける。その年来たりける[一三]唐土船の王けいといふ人の許に、文を書きて、「火鼠の皮といふなる物買ひて[一四]おこせよ」とて、仕うまつる人の中に、心たしかなるを選びて、小野の房守といふ人をつけて[一五]遣はす。持て到りて、唐土に居る王けいに金を取らす。王けい、文をひろげて見て、返事書く。火鼠の皮衣、この国に無きものなり。音には聞けども、未だ見ぬなり。世にある物ならば、この国にも[一六]持てまうで来なまし。いと難き商なり。然れども、もし、天竺に[一七]たまさかにもて渡りなば、[一八]長者の辺に訪ひ求めむに。無きものならば、使に添へて、金をば返し奉らむ。

九　お供の人に、自分の姿をお隠しになろう。
一〇　幾年もの間。
一一　「魂離（たまさか）る」の意で、正気を失いぼんやりしていること。「たま」に「玉」をかけ、玉の枝が原因だとしゃれたもの。
一二　一族が繁栄している人。
一三　中国からの貿易船。
一四　送ってよこして下さい。
一五　手紙と金につき添わせて。
一六　持って来ているでしょう（しかし、ないのをみると、この世にないものでしょう）。
一七　偶然。
一八　富豪。

といへり。かの唐土船来けり。小野の房守まうで来て、まう上るといふことを聞きて、歩み疾うする馬をもちて、走らせて迎へさせ給ふ時に、馬に乗りて、筑紫よりただ七日に上りまうで来たる。文を見るに、いはく、

火鼠の皮衣、辛うじて、人を出して求めて奉る。今の世にも昔の世にも、この皮は、たはやすく無きものなりけり。昔、かしこき天竺の聖、この国にもて渡りて侍りける、西の山寺にありと聞き及びて、朝廷に申して、からうじて買ひ取りて奉る。価の金少しと、国司、使に申ししかば、王けいが物加へて買ひたり。いま、金五十両賜はるべし。船の帰らむにつけて賜び送れ。もし金賜はぬものならば、皮衣の質返したべ。

といへることを見て、「何おぼす。いま金少しにこそあなれ。嬉しくしておこせたるかな」とて、唐土の方に向ひて伏し拝み給ふ。

この皮衣を入れたる箱を見れば、種々のうるはしき瑠璃をいろへて作れり。皮衣を見れば紺青の色なり。毛の末には金の光しささきたり。宝と見え、うるはしきこと、並ぶべき物なし。火に焼けぬことよりも、

一　中国から帰って、京に上る。
二　めったにないもの。
三　尊い。
四　政府。
五　その地方の役人。
六　王けいの使者。
七　さらに。
八　いただきたい。
九　送って下さい。
一〇　品物。
一一　さまざまの色の瑠璃の玉をちりばめて。
一二　きらきらと輝いていた。
一三　清らかで美しい。
一四　なるほど。
一五　お好みになるのももっともな品物だよ。

[一三]けうらなることならびなし。右大臣「[一四]むべ、かぐや姫、[一五]好もしがり給ふにこそありけれ」と宣給うて、「[一六]あなかしこ」とて、箱に入れ給ひて、ものの枝につけて、御身の化粧いといたくして、「[一七]やがて泊りなむものぞ」と思して、歌詠み加へて持ちていましたり。その歌は、

[一八]限りなき思ひに焼けぬ皮衣袂乾きて今日こそは著め

といへり。

家の門に持て到りて立てり。竹取出で来て、取り入れて、かぐや姫に見す。かぐや姫の、皮衣を見ていはく、「うるはしき皮なめり。[一九]わきて真の皮ならむとも知らず」。竹取答へていはく、「とまれかくまれ、先づ[二〇]請じ入れ奉らむ。世の中に見えぬ皮衣のさまなれば、[二一]これをと思ひ給ひね。[二二]人ないたくわびさせ奉らせ給ひそ」といひて、[二三]呼びすゑ奉れり。

かく呼びすゑて、「この度は必ずあはむ」と嫗の心にも思ひをり。この翁は、かぐや姫の[二四]寡なるを、歎かしければ、「よき人にあはせむ」と思ひはかれど、切に「否」といふことなれば、[二五]え強ひねば理なり。かぐや姫、翁にいはく、「この皮衣は、火に焼かむに、焼けずはこ

一六　ああ、もったいない。
一七　そのまま、むことして姫の邸に、必ずや泊ることになるだろう。
一八　この上ない恋の炎に焼かれていた私も、火に焼けない皮衣を手に入れて、今日は涙に濡れていた袂も乾き、晴れ晴れと皮衣を着よう。
一九　でも、これを特に。
二〇　お呼び入れ申そう。
二一　これを、本物の皮衣とお思いなさい。
二二　あの方をあんまり困らせ申してはなりません。
二三　お呼び入れ、席におつけ申した。
二四　未婚。
二五　無理に結婚をすすめることもできないので、やきもきするのももっともである。

そ真ならめと思ひて、人[一]のいふことにも負けめ。『世になき物なれば、それを真と疑ひなく思はむ』と宣給ふ。なほこれを焼きてこころみむ」といふ。翁「それ、[二]さもいはれたり」といひて、大臣に、翁「かくなむ申す」といふ。大臣答へていはく、「この皮は、唐土にもなかりけるを、からうじて求め尋ね得たるなり。何の疑ひあらむ」。翁「さは申すとも。はや焼きて見給へ」といへば、火の中にうちくべて焼かせ給ふに、めらめらと焼けぬ。翁「されば[三]こそ異物の皮なりけれ」といふ。大臣、これを見給ひて、顔は草の葉の色にてゐ給へり。かぐや姫は、「あな嬉し」と喜びて居たり。かの詠み給へる歌の返し、箱に入れて返す。

[四]なごりなく燃ゆと知りせば皮衣おもひの外におきて見ましを

とぞありける。されば帰りいましにけり[五]。

世の人々、「阿倍の大臣、火鼠の皮衣もていまして、かぐや姫にすみ給ふとな[六]。ここにやいます」など問ふ。ある人のいはく、「皮は火にくべて焼きたりしかば、めらめらと焼けにしかば、かぐや姫あひ給はず」といひければ、これを聞きてぞ、とげなきもの[七]をば、「あへな[八]

一 右大臣の言葉に従って、結婚しましょう。
二 あなたの言うことは、実にもっともだ。
三 やっぱり、にせ物の皮だったんですね。
四 跡かたなく燃えてしまうものと知っていたなら、本物かと疑って、火に投げ入れたりしないで見ていましたのに。
五 右大臣は、しおしおと帰ってしまわれた。
六 むこ入りなさるということですね。
七 ぼうっとしているだめ男。
八 「あへなし（＝張り合いがない）」に「阿倍なし」をかける。

し」といひける。

竜の首の珠

大伴の御行の大納言は、わが家にありとある人、召し集めて、宣給はく、大納言「竜の首に五色の光る珠あなり。それ取りて奉りたらむ人には、願はむことを叶へむ」と宣給ふ。男ども、仰せのことを承りて申さく、家臣「仰せのことはいとも尊し。但し、この珠たはやすく[九]え取らじを、いはむや竜の首の珠は[一〇]如何取らむ」と申しあへり。大納言宣給ふ、「[一一]天の使といはむものは、命を捨てても、おのが君の仰せ言をば叶へむとこそ思ふべけれ。この国に無き、天竺唐土の物にもあらず。この国の海山より、竜は下り上るものなり。如何に思ひてか、[一二]汝等難きものと申すべき」。男ども申すやう、「[一三]さらば、如何はせむ。難きことなりとも、仰せ事に従ひて求めにまからむ」と申すに、大納言み[一四]腹ゐて、「[一五]汝等が君の使と名を流しつ。君の仰せ事をば、[一六]如何は

九　取ることはできないだろうに。
一〇　どうして取ることができましょう。
一一　君主に召し使われている者。臣。
一二　お前たちはむずかしいものだと申すのか。
一三　そういうご命令ならば、いたしかたございません。
一四　きげんが直って。
一五　お前たちは、この武勇の誉れ高い大伴家に仕える者として、すでに世間に名が知れわたっているのだ。
一六　どうして背いてよいものか。

背くべき」と宣給ひて、「竜の首の珠取りに」とて、出し立て給ふ。この人々の道の糧食物に、殿の内の絹、綿、銭などある限りとり出でて、添へて遣はす。大納言「この人々ども帰るまで、[一]斎をして我は居らむ。この[二]珠取り得では家に帰り来な」と宣給はせけり。

おのおの仰せ承りて罷り出でぬ。大納言「竜の首の珠取り得ずは帰り来な」と宣給へば、[三]いづちもいづちも、足の向きたらむ方へ[四]いなむず。[五]「かかる好事をし給ふ事」と謗りあへり。賜はせたる物、おのおのの分けつつ取る。或はおのが家に籠り居、或は[六]おのが行かまほしき所へいぬ。親君と申すとも、かく[七]つきなき事を仰せ給ふ事と、[八]ことゆかぬもの故、大納言を[九]謗りあひたり。

大納言「[一〇]かぐや姫すゑむには、[一一]例のやうには見にくし」と宣給ひて、麗しき屋を造り給ひて、漆を塗り、[一二]蒔絵をし壁し給ひて、屋の上に糸を染めて、いろいろに葺かせて、[一三]内しつらひには、[一四]いふべくもあらぬ綾織物に絵を書きて、[一五]間毎に張りたり。もとの妻どもは、かへし給ひて、かぐや姫を[一六]必ずあはむ設けして、独り明し暮し給ふ。[一七]遣はしし人は、夜昼待ち給ふに、年越ゆるまで音もせず。[一八]心もとな

一 家にこもり、身を清めて神仏に祈ること。
二 取ることができないなら、帰って来るな。
三 どこへでも。
四 行ってしまおう。
五 よくもこんな物好きな事をなさるものよ。
六 自分の行きたい所。
七 むちゃな。
八 わけがわからないものだから。
九 けなし合っている。
一〇 正妻として邸に住まわせる。
一一 並みの邸では。
一二 漆と金銀粉とで描いた絵。
一三 邸の内装。
一四 言葉に表せないほどすばらしい。
一五 柱と柱のあいだ。
一六 必ず妻に迎えようという準備。
一七 玉を取りにやった家来たち。

がりて、いと忍びて、ただ舍人[一九]二人、召継[二〇]として、窶れ[二一]給ひて、難波の辺におはしまして、問ひ給ふことは、舍人「大伴の大納言殿の人や、船に乗りて竜殺して、そが首の珠取れるとや[二二]聞く」と問はするに、船人、答へていはく、「怪しきことかな」と笑ひて、船人「さる業する船もなし」と答ふるに、大納言[二三]「をぢなき事する船人にもあるかな。え[二四]知らで、かくいふ」と思して、大納言「我が弓の力は、竜あらばふと[二五]射殺して、首の珠は取りてむ。[二六]遅く来る奴ばらを待たじ」と宣給ひて、船に乗りて、[二七]海ごとに歩き給ふに、いと遠くて、筑紫の方の海に漕ぎ出で給ひぬ。

いかがしけむ、疾き風吹きて、世間闇がりて、船を吹きもて[二八]歩く。いづれの方とも知らず、船を海中に[二九]まかり入れぬべく吹き廻して、浪は船にうち掛けつつ捲き入れ、雷は、落ちかかるやうに閃めく。かかるに、大納言惑ひて、「まだかかる[三〇]わびしき目見ず。如何ならむとするぞ」と宣給ふ。楫取答へて申す、「ここら船に乗りてまかり歩くに、まだかくわびしき目を見ず。御船海の底に入らずは、雷落ちかかりぬべし。もし幸ひに神の助けあらば、南の海に吹かれおはしぬべし。う[三一]

一八　じれったくなって。
一九　朝廷から賜った家来で、雑事をする。
二〇　取次役をする従者。
二一　そまつな身なりをなさって、こっそりと。
二二　といった話を聞いているか。
二三　ばかなことを申す。
二四　おれを武門の大伴氏とも知らないで。
二五　すぱっと。
二六　のろまな家来ども。
二七　あの海この海と漕ぎ回って。
二八　波が船を翻弄して、あちこち漂流させる。
二九　引きずり込みそうに、もてあそび。
三〇　ひどい。苦しい。
三一　とんだ御主人。

たてある主の御許に仕うまつりて、[一]すずろなる死にをすべかめるかな」と楫取泣く。

大納言これを聞きて宣給はく、「船に乗りては楫取の申すことをこそ、高き山と頼め。などかく頼もしげなく申すぞ」と[二]青反吐を吐きて宣給ふ。楫取答へて申す、「神ならねば[三]何業をか仕うまつらむ。風吹き、浪烈しけれども、雷さへ頂に落ちかかるやうなる、竜を殺さむと求めたまへば、[四]あるなり。疾風も竜の吹かするなり。はや神に祈り給へ」といふ。大納言「よき事なり」とて、大納言「[五]楫取の御神聞し召せ。をぢなく、心幼く、竜を殺さむと思ひけり。今より後は、[六]毛の末一筋をだに動かし奉らじ」と、[七]寿詞を放ちて、[八]立ち居、泣く泣く呼ばひ給ふこと、千度ばかり申し給ふ[九]けにやあらむ、やうやう雷鳴り止みぬ。少しひかりて、風はなほ疾く吹く。楫取のいはく、「これは竜の所為にこそありけれ。この吹く風は、よき方の風なり。悪しき方の風にはあらず。よき方に赴きて吹くなり」といへども、大納言は、これを聞き入れ給はず。三四日吹きて、[一〇]吹き返し寄せたり。浜を見れば、播磨の明石の浜なりけり。大納言、「南海の浜に吹き寄せられたるにやあ

一 思いもよらない死にざまをしそうだなあ。
二 胃液・胆汁。
三 何のお助けもしてあげられません。
四 このように海が荒れるのです。
五 船頭の祭る神様。
六 竜の毛の先一本さえも動かし申し上げますまい。
七 お祈りの文句を大声でとなえて。
八 立ったり坐ったり。
九 おっしゃった効果であろうか。
一〇 風が船を吹き戻し、ある浜に寄せ着けた。

らむ」と思ひて、[11]息づき臥し給へり。船にある男ども、[12]国に告げたれども、[13]国の司まうでとぶらふにも、え起きあがり給はで、船底に臥し給へり。松原に御筵敷きて、下し奉る。その時にぞ、「南の海にあらざりけり」と思ひて、辛うじて起き上り給へるを見れば、[14]風いと重き人にて、腹いとふくれ、[15]こなたかなたの目には、[16]杏を二つつけたるやうなり。これを見奉りて、その国の司も[17]ほほゑみたる。

国に仰せ給ひて、[18]手輿作らせ給ひて、[19]によふによふ荷はれ給ひて、家に入り給ひぬるを、いかでか聞きけむ、遣はしし男ども参りて申すやう、「竜の首の珠をえ取らざりしかばなむ、[20]殿へもえ参らざりし。珠の取り難かりしことを知り給へればなむ、[21]勘当あらじとて参りつる」と申す。大納言起き居て宣給はく、「[22]汝等よくもて来ずなりぬ。竜は[23]鳴る雷の類にてこそありけれ。それが珠を取らむとて、そこらの人々の害せられなむとしけり。まして竜を捕へたらましかば、又、[24]こともなく、我は害せられなまし。[25]よく捕へずなりにけり。かぐや姫て[26]ふ大盗人の奴が、人を殺さむとするなりけり。家の辺だに今は通らじ。

一一　ため息をついて、つっ伏していらっしゃった。
一二　播磨の国の役所。
一三　国の守がやって来てお見舞をしても。
一四　風病をひどく重くわずらうたちの人で。
一五　左右の。
一六　赤くはれ上がった目のたとえ。
一七　にやにやしている。
一八　手で運ぶ輿の一種。
一九　うんうんうめきながら。
二〇　大納言様のお邸。
二一　お叱りはあるまい。
二二　よくまあ、玉を持って来ないでくれた。
二三　雷の仲間で。
二四　あっさり私は殺されたに違いない。
二五　運よく捕えないですんだものだよ。
二六　大悪党め。

男ども、な歩きそ[一]」とて、家に少し残りたりける物どもは、竜の珠を取らぬ者どもに賜びつ。

これを聞きて、離れ給ひし本の上[二]は、腹をきりて[三]笑ひ給ふ。糸を葺かせ造りし屋は、鳶、烏の巣に、皆咋ひもていにけり。世界の人[四]のいひけるは、「大伴の大納言は、竜の首の珠や取りておはしたる[五]」（世間の人）「否[六]、さもあらず。御眼二つに、杏のやうなる珠をぞ添へていましたる」といひければ、「あなたへ難[七]」といひけるよりぞ、世にあはぬ[八]事をば、「あな堪へ難」とはいひ始めける。

燕の子安貝

中納言石上のまろたりは、家に使はるる男どもの許に、（中納言）「燕の、巣くひたらば[九]、告げよ」と宣給ふを、うけたまはりて、（家来達）「何の用にかあらむ[一〇]」と申す。答へて宣給ふやう、（中納言）「燕の持たる子安の貝を取らむ料なり」と宣給ふ。男ども答へて申す、「燕を

一 うろつくなよ。
二 離縁なさった前妻。
三 腹をかかえて。
四 世間の人々。
五 玉を取ってお帰りになったのか。
六 そうでもない。
七 「あなたへ難（＝ああ、おかしくて我慢できない）」に「食べ難（＝はれ物のすももでは食べられない）」をかけたしゃれ。
八 うまくゆかない。
九 巣を作ったら。
一〇 取るためだ。
一一 どうして出すのでしょう。
一二 子安貝をかかえている。
一三 米穀を管理する役所。宮内省に属する。

数多殺して見るだにも、腹に何も無きものなり。但し、子産む時なむ、[一一]いかでか出すらむ。[一二]はらかくかと申す。人だに見れば失せぬ」と申す。また人の申すやうは、「[一三]大炊寮の[一四]飯炊く屋の棟に、[一五]ぐしの穴毎に燕は巣をくひ侍り。それに、[一六]まめならむ男どもをゐてまかりて、[一七]あぐらを結ひ上げて、窺はせむに、[一八]そこらの燕、子産まざらむやは。[一九]さてこそ取らしめ給はめ」と申す。中納言喜び給ひて、「をかしき事にもあるかな。[二〇]もつともえ知らざりけり。興あること申したり」と宣給ひて、まめなる男二十人ばかり遣はして、[二一]あななひに上げすゑられたり。

殿より[二二]使ひまなく賜はせて、「子安の貝取りたるか」と問はせ給ふ。燕も、人の数多上り居たるにおぢて、巣にも上り来ず。[二三]かかる由の返事を申したれば、聞き給ひて、「如何すべき」と思し煩ふに、かの寮の官人くらつ麻呂と申す翁申すやう、「子安貝取らむと思し召さば、[二四]たばかり申さむ」とて御前に参りたれば、中納言、額を合せてむかひ給へり。くらつ麻呂が申すやう、「この燕の子安貝は、[二五]悪しくたばかりて取らせ給ふなり。[二六]さてはえ取らせ給はじ。[二七]あななひにおどろおどろしく二十人の人の上りて侍れば、[二八]あれて寄りまうで来ず。せさせ給

一四　ごはんをたく建物。
一五　家の棟の、神聖とされた場所。
一六　忠実な家来たちをつれて行って。
一七　足場を組み上げて。
一八　たくさんの燕の中のどれかが、きっと卵を産むはずです。
一九　その時こそ、子安貝をお取らせになるのがよいでしょう。
二〇　ちっとも気が付かなかった。
二一　足場。
二二　ひっきりなしに使いの者をよこされて。
二三　燕が来ないこと。
二四　作戦をお教えしましょう。
二五　まずい作戦で、お取りになっています。
二六　そんなことでは、お取りになれまい。
二七　ものものしく。
二八　恐れ、遠のいて。

ふべきやうは、このあなひをこぼちて、人皆退きて、まめならむ人一人を荒籠に乗せ据ゑて、綱を構へて、鳥の子産まむ間に綱を吊り上げさせて、ふと、子安貝を取らせ給はむなむ、よかるべき」と申す。中納言宣給ふやう、「いとよきことなり」とて、あなひをこぼし、人皆帰りまうで来ぬ。

中納言、くらつ麻呂に宣給はく、「燕は、いかなる時にか子を産むと知りて、人をば上ぐべき」と宣給ふ。くらつ麻呂申すやう、「燕、子産まむとする時は、尾を捧げて七度廻りてなむ、産み落すめる。さて、七度廻らむ折、ひき上げて、その折、子安貝は取らせ給へ」と申す。中納言喜び給ひて、よろづの人にも知らせ給はで、みそかに寮にいまして、男どもの中に交りて、夜を昼になして取らしめ給ふ。くらつ麻呂かく申すを、いといたく喜びて、宣給ふ。中納言「ここに使はるる人にもなきに、願ひを叶ふる事の嬉しさ」と宣給ひて、御衣脱ぎて被け給ひつ。中納言「更に夜さりこの寮にまうで来」と宣給ひて、遣はしつ。

日暮れぬれば、かの寮におはして見給ふに、誠に燕巣つくれり。

一　取りこわし。
二　目の粗いかご。
三　取らせなさるのが、よろしいでしょう。
四　人を上げたらよいだろうか。
五　籠を引き上げて。
六　こっそり。
七　昼夜兼行で。
八　そなたは、私の家来でもないのに、望みをかなえてくれるのは実に嬉しい。
九　ほうびとしてお与えになった。
一〇　夜になったら。

くらつ麻呂申すやう、尾[一一]浮けてめぐるに、荒籠に人をのぼせて吊り上げさせて、燕の巣に手をさし入れさせて探るに、「物もなし」[一二]と申すに、中納言、「あしく[一三]探ればなきなり」と腹立ちて、中納言「誰[一四]ばかりおぼえむに」とて、中納言「われ登りて探らむ」と宣給ひて、籠に乗りて吊られ上りて窺ひ給へるに、燕尾をささげて[一六]いたく廻るに合せて、手を捧げて[一五]探り給ふに、手にひらめる物さはる時に、中納言「われ物握りたり。今は下してよ。翁、しえたり[一七]」と宣給ふ。集りて、「疾く下さむ」とて、綱を引き過ぐして、綱絶ゆる[一八]すなはちに、八島[一九]の鼎の上に仰様に落ち給へり。

人々あさましがりて[二〇]、寄りて抱へ奉れり。御目は白眼にて臥し給へり。人々、水をすくひ入れ奉る[二一]。からうじて息いで給へるに、また鼎の上より、手とり足とりしてさげ下し奉る。からうじて、「御心地はいかが思さるる」と問へば、息の下にて[二二]、中納言「ものは少しおぼゆれども[二三]、腰なむ動かれぬ。されど子安貝をふと握りもたれば、嬉しくおぼゆるなり。まづ、脂燭[二四]さして来。この貝、顔みむ」と御頭もたげて御手をひろげ給へるに、燕[二五]のまり置ける古糞を握り給へるなりけ

一一 尾を浮かせて。
一二 何もありません。
一三 へたに探るからないのだ。
一四 どんな者が適任か、思いあたらない。
一五 手を高くさし上げ。
一六 平たい物。
一七 じいさん（＝くらつ麻呂）、うまくやったよ。
一八 綱が切れたとたん。
一九 大炊寮にある八つの、三本足の釜（かま）。
二〇 驚きあわてて。
二一 口にお入れする。
二二 息も絶えだえに。
二三 意識はやや回復したけれども。
二四 脂燭（＝松の木を細長くけずって作る携帯用の照明具）に火をつけて持って来い。
二五 たれて置いた。

り。それを見給ひて、[一]「あなかひなの業や」と宣給ひけるよりぞ、思ふに違ふことをば、[二]「かひなし」とはいひける。

貝にもあらずと見給ひけるに、御心地もたがひて、[三]唐櫃の蓋に入れられ給ふべくもあらず、御腰は折れにけり。中納言は、[四]わらはげたるわざして病むことを、人に聞かせじとし給ひけれど、それを[五]病にて、いと弱くなり給ひにけり。貝をばえ取らずなりにけるよりも、人の聞き笑はむ事を、[六]日にそへて思ひ給ひければ、[七]ただに病み死ぬるよりも、人聞き恥かしくおぼえ給ふなりけり。これをかぐや姫聞きて、とぶらひにやる歌、

[八]年を経て波立ち寄らぬ住の江のまつかひなしと聞くはまことか

とあるを読みて聞かす。いと弱き心地に頭もたげて、人に紙を持たせて、苦しき心地にからうじて書き給ふ、

[九]かひはかくありけるものをわび果てて死ぬる命をすくひやはせぬ

と書き果つる、[一〇]絶え入り給ひぬ。これを聞きて、かぐや姫、「少しあはれ」とおぼしけり。それよりなむ、少し嬉しきことをば、「かひあり」とはいひける。

一　ああ、貝のないことよ。
二　「貝無し」に「効(かい)無し」をかけた。
三　唐櫃の蓋におからだをお入れ申すこともできないほどで。
四　子供っぽい。
五　病気の種として。
六　日がたつにつれ。
七　空しく病死するよりも、外聞が悪く。
八　長年お立ち寄り下さいませんが、波の打ち寄せない住の江の松のように、貝がないのでお待ちするかいがないというのは本当でしょうか。
九　貝はなかったが、姫の見舞いの歌をいただいたかいはありましたのに、悲観し切って死んでゆく私の命を、結婚によってどうして

御狩のみゆき

さて、かぐや姫、容の世に似ずめでたき事を、帝きこしめして、内[11]侍中臣のふさ子に宣給ふ、「おほくの人の身を徒[12]になしてあはざなるかぐや姫は、いかばかりの女ぞと、まかりて見てまゐれ」と宣給ふ。ふさ子、承りてまかれり。

竹取の家に、かしこまりて請じ入れて、あへり。嫗に内侍宣給ふ、「仰せごとに、かぐや姫のかたち優[13]におはすなり。よく見て参るべき由宣給はせつるになむ参りつる」といへば、「さらば、かく申し侍らむ」といひて入りぬ。

かぐや姫に、「はや、かの御使に対面し給へ」といへば、かぐや姫、「よき容にもあらず、いかでか見ゆべき[14]」といへば、「うたても[15]宣給ふかな。帝の御使をばいかでかおろかにせむ[16]」といへば、かぐや姫答ふるやう、「帝の召して宣給はむこと、かしこし[17]とも思はず」といひて、

救っては下さらないのか。

一〇　書き終わると、そのまま息絶えてしまわれた。

一一　天皇のお側に仕えた女官の一。

一二　身を滅ぼしても。

一三　容貌が優美でいらっしゃる。

一四　どうしてお目にかかれましょう。

一五　とんでもないことをおっしゃいますねえ。

一六　どうしてなおざりにできましょう。

一七　恐れ多い。

更に見ゆべくもあらず。産める子のやうにあれど、いと心はづかしげに、おろそかなるやうにいひければ、心のままにもえ責めず。嫗、内侍の許に帰り出でて、「口惜しくこの幼き者はこはく侍るものにて、対面すまじき」と申す。内侍「かならず見奉りて参れと仰せ事ありつるものを、見奉らではいかでか帰り参らむ。国王の仰せ事を、まさに世に住み給はむ人の、承り給はでありなむや。いはれぬ事なし給ひそ」と、詞はづかしくいひければ、これを聞きて、ましてかぐや姫聞くべくもあらず。「国王の仰せ事を背かば、はや殺し給ひてよかし」といふ。

この内侍帰り、この由を奏す。帝聞しめして、「多くの人殺してける心ぞかし」と宣給ひて、止みにけれど、なほおぼしおはしまして、「この女のたばかりにや負けむ」と思して、仰せ給ふ、「汝が持ちて侍るかぐや姫奉れ。顔容よしと聞しめして、御使を賜びしかど、かひなく見えずなりにけり。かくたいだいしくやは習はすべき」と仰せらる。翁かしこまりて御返事申すやう、「この女の童は、絶えて宮仕へつかう奉るべくもあらず侍るを、もてわづらひ侍り。さりとも、まかりて

一　一向にお目にかかりそうもない。
二　こちらが気兼ねするほど、よそよそしい態度で。
三　自分の思い通りに強制もできない。
四　この子は強情者でございまして。
五　現にこの世にお住みになっている人が、お受けしないでいられましょうか。
六　筋の通らないことをなさいますな。
七　聞く方が恥じ入るような強い調子で。
八　帝に申し上げる。
九　やはり姫をお思いになっておられ。
一〇　計略に負けてなるものか。
一一　勅命を疎略にするようしつけてよいものか。
一二　この娘は、一向に

仰せ事給はむ」と奏す。これを聞しめして、仰せ給ふ、「などか、翁の手におほし立てたらむものを、心に任せざらむ。この女もし奉りたるものならば、翁に[一四]冠を、などか賜はせざらむ」。

翁、喜びて、家に帰りて、かぐや姫に語らふやう、「かくなむ帝の仰せ給へる。[一五]なほやは仕うまつり給はぬ」といへば、かぐや姫答へていはく、「もはら、さやうの宮仕へつかう奉らじと思ふを、強ひて仕う奉らせ給はば、[一六]消え失せなむず。[一七]御官・冠仕うまつりて、死ぬばかりなり」。翁いらふるやう、「なし給ひ。官冠も、我が子を見奉らでは、何にかはせむ。さはありとも、などか宮仕へをし給はざらむ。死に給ふべきやうやあるべき」といふ。

「猶そらごとかと、[一八]仕う奉らせて、死なずやあると見給へ。あまたの人の、志おろかならざりしを、[一九]空しくなしてこそあれ。昨日今日帝の宣給はむことにつかむ、[二〇]人聞やさし」といへば、翁、答へていはく、「[二一]天下の事は、とありとも、かかりとも、御命の危さこそ大なる[二二]障りなれば、猶仕うまつるまじき事を、参りて申さむ」とて、参りて申すやう、「仰せの事のかしこさに、かの童を参らせむとて[二三]仕うまつれば、

宮仕えいたしそうもありませんので、もてあましております。
一三 それにしましても、家に帰ってお言葉をお受けさせましょう。
一四 五位の位を、必ず授けよう。
一五 それでもやはり宮仕えなさらないのか。
一六 きっと姿を消してしまいましょう。
一七 官位が授かるようにしてさし上げて。
一八 宮仕えさせてみて、死なないでいるかどうか御覧なさいませ。
一九 むだにしてしまったことだのに。
二〇 従いますのは、世間体が悪い。
二一 どうあろうとも。
二二 心配事。
二三 いろいろ手を尽くしましたところ。

『宮仕へに出し立てば死ぬべし』と申す。造麻呂が手に産せたる子にもあらず。昔、山にて見つけたる。かかれば心ばせも世の人に似ず侍り」と奏せさす。

帝おほせ給ふ、「造麻呂が家は山本近かなり。御狩の行幸し給はむやうにて見てむや」とのたまはす。造麻呂が申すやう、「いとよき事なり。何か心もなくて侍らむに、ふと行幸して御覧ぜむに、御覧ぜられなむ」と奏すれば、帝にはかに日を定めて、御狩に出で給うて、かぐや姫の家に入りたまうて見給ふに、光みちて清らにて居たる人あり。「これならむ」とおぼして近く寄らせ給ふに、逃げて入る。袖をとらへ給へば、面をふたぎてさぶらへど、初めよく御覧じつれば、類なくめでたくおぼえさせ給ひて、「許さじとす」とて、率ておはしまさむとするに、かぐや姫答へて奏す、「おのが身は、この国に生れて侍らばこそ使ひ給はめ。いと率ておはしまし難くや侍らむ」と奏す。帝、「などかさあらむ。猶率ておはしまさむ」とて、御輿を寄せ給ふに、このかぐや姫、きと影になりぬ。はかなく、口惜しと思して、「げにただ人にはあらざりけり」とおぼして、「さらば御供には率ていかじ。

一 気性。
二 山のふもと近くだそうだな。
三 狩にお出かけになる風をして、姫を見てしまおうか。
四 何となくぼんやりしております時に。
五 すばらしく美しい姿で。
六 放さんぞ。
七 この日本に生まれたのでしたら、お召し使いになれましょう。しかしそうではありませんので、私をお連れあそばすのはむずかしいことでしょう。
八 どうしてそんなことがあろう。やはり連れて行こう。
九 ぱっと幻になってしまった。
一〇 せめてそれを見て帰ることにしよう。
一一 盛大なおもてなし

もとの御かたちとなり給ひね。[一〇]それを見てだに還（かへ）りなむ」と仰せらるれば、かぐや姫もとのかたちになりぬ。

帝（みかど）、なほめでたく思し召さるる事せきとめ難し。かく見せつる造麻呂を悦び給ふ。さて、仕うまつる百官（ひやくくわん）の人々に、[一一]あるじいかめしう仕うまつる。

帝（みかど）、かぐや姫を留（とど）めて還（かへ）りたまはむことを、飽（あ）かず口惜しく思しけれど、たましひを留（とど）めたる心地してなむ、還らせたまひける。御輿（こし）に[一二]奉りて後に、かぐや姫に、

[一三]還るさのみゆき物うくおもほえてそむきてとまるかぐや姫ゆゑ

御返事を、

[一四]葎（むぐら）はふ下にも年は経（へ）ぬる身の何かは玉のうてなをも見む

これを帝（みかど）御覧じて、[一五]いとど還（かへ）り給はむそらもなく思（おぼ）さる。御心（みこころ）は、[一六]更に立ち還（かへ）るべくも思されざりけれど、さりとて、夜をあかし給ふべきにあらねば、還らせ給ひぬ。

[一七]常に仕うまつる人を見たまふに、かぐや姫の[一八]傍（かたはら）に寄るべくだにあらざりけり。こと人よりはけうらなりとおぼしける人の、[一九]かれに思しあ

をしてさし上げる。
一二　お乗りになって。
一三　宮中へ帰る行幸がつらく思われて後ろを向いて立ち止るのは、私の命令に背いて宮仕えせず、留まるかぐや姫に心ひかれるためだ。
一四　葎の生い茂るそまつな家で長年過ごして来た身として、何で今さら美しい御殿を見て暮らせましょう。
一五　一層お帰りあそばすあてもなく。
一六　姫に心が残り、一向に帰れそうにもお思いにならなかったが。
一七　いつもお側近くお仕えしている女性たち。
一八　そばに寄りつくことさえできないほど見劣りがした。
一九　かぐや姫に比べてお考えになると、物の数でもない。

はすれば人にもあらず、かぐや姫のみ御心にかかりて、ただ一人ずみし給ふ。よしなく御方々にもわたり給はず、かぐや姫の御許にぞ、御文を書きて通はせ給ふ。御返りさすがに憎からず聞えかはし給ひて、おもしろき木草につけても御歌を詠みてつかはす。

天の羽ごろも

かやうに、御心を互に慰め給ふほどに、三年ばかりありて、春の初より、かぐや姫、月の面白く出でたるを見て、常よりも物思ひたる様なり。ある人の、「月の顔見るは、忌む事」と制しけれども、ともすれば、人間にも月を見ては、いみじく泣き給ふ。七月十五日の月に出で居て、切に物思へる気色なり。近く使はるる人々、竹取の翁に告げていはく、「かぐや姫の、例も月をあはれがり給へども、この頃となりては、ただ事にも侍らざめり。いみじく思し歎く事あるべし。よくよく見奉らせ給へ」といふを聞きて、かぐや姫にいふやう、翁「なん

一 独身暮らし。
二 つまらなくて、お妃方のもとにもおいでにならない。
三 仰せには背いたものの、情をこめて。
四 月の面を見るのは不吉なことです。
五 人目につかない間。
六 ふだんでも月をしみじみと眺めておいでになるけれども。
七 ただ事ではなさそうでございます。
八 注意して、お世話申し上げなさいませ。
九 どんな気持ち。

でふ心地すれば、かく、物を思ひたる様にて、月を見給ふぞ。[10]うましき世に」といふ。かぐや姫、[11]「見れば、世間心細くあはれに侍り。[12]なでふ物をか歎き侍るべき」といふ。かぐや姫の在る処にいたりて見れば、なほ物思へる気色なり。これを見て、翁「[13]あが仏、何事を思ひ給ふぞ。思すらむこと何事ぞ」といへば、姫「思ふ事もなし。物なむ心細くおぼゆる」といへば、翁、[14]「月な見給ひそ。これを見給へば、もの思す気色はあるぞ」といへば、姫[15]「いかで月を見ではあらむ」とて、猶、月出づれば、[16]出で居つつ、歎き思へり。[17]夕闇には、物思はぬ気色なり。[18]月の程になりぬれば、猶、時々はうち歎きなどす。これを、仕ふ者ども、「なほ物思す事あるべし」とささやけど、親を始めて、何とも知らず。

八月十五日ばかりの月に出で居て、かぐや姫いといたく泣き給ふ。人目も、今は、つつみ給はず泣き給ふ。これを見て、親どもも、「何事ぞ」と問ひ騒ぐ。かぐや姫泣く泣くいふ、「さきざきも申さむと思ひしかども、[19]必ず心惑ひし給はむものぞと思ひて、今まで過し侍りつるなり。[20]さのみやはとて、うち出で侍りぬるぞ。おのが身は、この国

[10] 結構な世の中ですのに。
[11] 月を見ますと。
[12] どうして悩み歎くことがございましょう。
[13] 大切なわが子よ。
[14] 月を御覧になるな。
[15] どうして月を見ないでいられましょう。
[16] 縁先に出て坐っては。
[17] 月の出ない宵。
[18] 夕月の出ている時分。
[19] きっとお心をお乱しになるだろう。
[20] そう隠してばかりもいられないと思って、打ち明け申すのでございます。

の人にもあらず、月の都の人なり。それを、昔の契ありけるによりな[一]む、この世界にはまうで来たりける。今は帰るべきになりにければ、この月の十五日に、かの本の国より、迎へに人々まうで来むず[二]。さら[三]ずまかりぬべければ、思し歎かむが悲しきことを、この春より、思ひ歎き侍るなり」といひて、いみじく泣くを、翁「[四]こは、なでふ事宣給ふぞ。竹の中より見つけ聞えたりしかど、菜種の大きさおはせしを、我が丈立ち並ぶまで養ひ奉りたる我が子を、何人か迎へ聞えむ。[五]まさに許さむや」といひて、翁「[六]我こそ死なめ」とて、泣きののしること、いと堪へ難げなり。かぐや姫のいはく、姫「月の都の人にて父母あり。片時の間とて、かの国よりまうで来しかども、[七]かく、この国には、数多の年を経ぬるになむありける。かの国の父母の事もおぼえず、こ[八]こにはかく久しく遊び聞えて、ならひ奉れり。[九]いみじからむ心地もせず、悲しくのみある。[一〇]されどおのが心ならず、まかりなむとする」といひて、もろともにいみじう泣く。使はるる人々も、年頃馴らひて、たち別れなむことを、[一一]心ばへなどあてやかにうつくしかりつることを見馴らひて、恋しからむことの堪へがたく、湯水も飲まれず、同じ心

一　それなのに、前世の約束がありましたので。
二　やって来ようとしています。
三　やむなく帰らなければなりませんので。
四　これはなんという。
五　どうして許しましょうか。
六　私が先に死のう。
七　こんなに、この人間世界で長年を過ごしてしまったのでした。
八　こんなに長い間楽しく過ごしまして、お親しみ申し上げました。
九　ちっとも嬉しい気持ちがしないで。
一〇　けれど、自分の意志ではなく、月の世界に帰ろうとしています。
一一　気立てなどが上品でかわいらしかったことをよく知っているので。

に歎かしがりけり。

この事を帝聞しめして、竹取が家に御使つかはさせ給ふ。御使に竹取いで会ひて、泣く事限りなし。この事を歎くに、鬚も白く、腰もかがまり、目もただれにけり。翁、今年は五十ばかりなりけれども、物思ふには、片時になむ老になりにけると見ゆ。御使、仰せ事とて翁にいはく、「[一二]いと心苦しく物思ふなるは、まことか」と仰せ給ふ。

竹取、泣く泣く申す、「この十五日になむ、月の都より、かぐや姫の迎へにまうで来なる。[一三]尊くとはせ給ふ。この十五日は、[一四]人々賜はりて、月の都の人まうで来ば、捕へさせむ」と申す。御使帰り参りて、翁の有様申して、[一五]奏しつる事ども申すを、聞し召して、宣給ふ、「[一六]一目見給ひし御心にだに忘れ給はぬに、明け暮れ見馴れたるかぐや姫をやりては、いかが思ふべき」。

かの十五日の日、司々に仰せて、勅使、少将高野の大国といふ人をさして、[一七]六衛の司合せて二千人の人を、竹取が家に遣はす。家にまかりて、[一八]築地の上に千人、屋の上に千人、家の人々いと多かりけるに合せて、[一九]あける隙もなく守らす。この守る人々も弓矢を帯して、母屋の

一二　とても気の毒なことに思い悩んでいるというのは本当か。
一三　もったいなくも。
一四　朝廷から兵士たちをお遣わしいただいて。
一五　翁が天皇あてに申し上げたことを、勅使が帝に報告するのを。
一六　ただ一目見た私の心にさえ忘れられないのに。
一七　宮中を守護する六つの役所に属する兵士。
一八　土塀。
一九　空いているすき間。

内には、女どもを番に居りて、守らす。嫗、塗籠の内にかぐや姫を抱かへて居り。翁も塗籠の戸を鎖して戸口に居り。翁のいはく、「かばかり守る所に、天の人にも負けむや」といひて、屋の上に居る人々にいはく、「つゆも物空にかけらば、ふと射殺し給へ」。守る人々のいはく、「かばかりして守る所に、蝙蝠一つだにあらば、まづ射殺して外にさらさむと思ひ侍り」といふ。翁これを聞きて、頼もしがりけり。これを聞きて、かぐや姫は、「さし籠めて守り戦ふべきしたくみをしたりとも、あの国の人を、え戦はぬなり。弓矢して射られじ。かくさし籠めてありとも、かの国の人来ば、皆開きなむとす。相戦はむことすとも、かの国の人来なば、猛き心つかふ人も、よもあらじ」。翁のいふやう、「御迎へに来む人をば、長き爪して眼をつかみつぶさむ。さが髪を取りてかなぐり落さむ。さが尻をかき出でて、ここらのおほやけ人に見せて、恥を見せむ」と腹立ち居り。かぐや姫いはく、「声高になの給ひそ。屋のうへに居る人どもの聞くに、いとまさなし。いますがりつる志どもを思ひ知らで、まかりなむずる事の口惜しう侍りけり。長き契のなかりければ、程なくまかりぬべきなめりと思ふ

一 壁を厚く塗り、器財を納めておく部屋。
二 ちょっとでも何か空を飛んだならば。
三 こうもり一匹でも。
四 天人たちへの見せしめに、さらしものにしてやろう。
五 計画。用意。
六 あの月の国の人とは戦闘不可能です。
七 勇猛心をふるえる人は、まさかないでしょう。
八 そいつの髪。
九 まくり出して。
一〇 大声でおっしゃいますな。
一一 みっともない。
一二 これまでの、両親の御愛情。
一三 おいとましようとしている。
一四 人間世界で長く一緒に過ごせる運命。

が、悲しく侍るなり。[15]親たちの顧みをいささかだに仕うまつらで、まからむ道も安くもあるまじき。[16]日頃も出で居て、[17]今年ばかりの暇を申しつれど、更に許されぬによりてなむ、かく思ひ歎き侍る。御心をのみ惑はして去りなむことの悲しく堪へがたく侍るなり。[18]かの都の人は、いとけうらに、老いをせずなむ。[19]思ふこともなく侍るなり。さる所へまからむずるも、[20]いみじくも侍らず。老い衰へ給へる様を見奉らざらむこそ恋しからめ」といふ。翁、「胸いたき事、なし給ひそ。うるはしき姿したる使にも[21]障らじ」と[22]妬み居り。

かかる程に、宵うち過ぎて、[23]子の時ばかりに、家のあたり昼の明さにも過ぎて光りわたり、望月の明さを十合せたるばかりにて、[24]ある人の毛の穴さへ見ゆるほどなり。大空より、人、雲に乗りて下り来て、地より五尺ばかりあがりたるほどに立ち連ねたり。これを見て、内外なる人の心ども、[25]物におそはるるやうにて、相戦はむ心もなかりけり。からうじて思ひ起して、弓矢を取りたてむとすれども、手に力もなくなりて、萎えかかりたり。中に、[26]心さかしき者、[27]念じて射むとすれども、外ざまへいきければ、[28]あれも戦はで、心地ただ[29]痴れに痴れて、[30]ま

一五　御両親さまのお世話を少しもしてさし上げないで。
一六　この数日も、月の照る縁側に出て座って。
一七　月世界に帰るのを今年一年だけ延期してもらうこと。
一八　月の世界の人は、最高に美しく、年老いることもないのです。
一九　心に悩む。
二〇　うれしくないです。
二一　姫を守ることを妨げられないぞ。
二二　ねたみ憎んでいる。
二三　今の午前零時ごろ。
二四　そこにいる人。
二五　超自然の存在。
二六　気丈夫な者。
二七　がまんして。
二八　勇しく戦わないで。
二九　ただぼうっとして。
三〇　見つめ合っている。

もりあへり。
立てる人どもは、装束の清らなること、[一]物にも似ず。飛ぶ車一つ具[二]したり。[三]羅蓋さしたり。その中に王と覚しき人、家に、王「造麻呂、まうで来」といふに、猛く思ひつる造麻呂も、物に酔ひたる心地して、うつぶしに伏せり。いはく、王「[四]汝、幼き人、いささかなる功徳を翁つくりけるによりて、汝が助けにとて、片時の程とて降しを、[五]そこらの年頃、そこらの金賜ひて、[六]身をかへたるが如なりにたり。かぐや姫は、罪をつくり給へりければ、かく賤しきおのれが許に、[七]しばしおはしつるなり。[八]罪のかぎりはてぬれば、かく迎ふるを、翁は泣き歎く、[九]能はぬ事なり。はや出し奉れ」といふ。翁答へて申す、「かぐや姫を養ひ奉ること二十余年になりぬ。[一〇]片時と宣給ふにあやしくなり侍りぬ。また、異所にかぐや姫と申す人ぞ、おはすらむ」といふ。翁「ここにおはするかぐや姫は、重き病をし給へば、[一一]え出でおはしますまじ」と申せば、その返事はなくて、屋の上に飛ぶ車を寄せて、「いざ、かぐや姫、[一二]穢き所にいかでか久しくおはせむ」といふ。立て籠めたる所の戸、すなはち、ただ開きに開きぬ。[一三]格子どもも、人はなくして開きぬ。

一 似る物もない。
二 持って来ている。
三 貴人用の絹がさ。
四 汝（＝翁）、心愚かなる者よ。
五 多くの。
六 別人のように、金持ちに。
七 お前。
八 罪をつぐなう期限。
九 抵抗してもむだだ。
一〇 二十余年をほんのしばらくの間とおっしゃるのには、わけが分らなくなりました。
一一 出ていらっしゃることはできますまい。
一二 けがれた人間世界に、どうして長くいらっしゃるのか。
一三 細い角材を縦横に組んだ戸。今の窓の類。

嫗抱きてゐたるかぐや姫外に出でぬ。[14]えとどむまじければ、たださし仰ぎて泣き居り。

竹取心惑ひて泣き伏せる所に寄りて、かぐや姫いふ。「[15]ここにも[16]心にもあらでかくまかるに、昇らむをだに見送り給へ」といへども、翁「[17]何しに悲しきに見送り奉らむ。我を如何にせよとて、棄てては昇り給ふぞ。[18]具して率ておはせね」と泣きて伏せれば、心惑ひぬ。姫「文を書き置きてまからむ。恋しからむ折々、取り出でて見給へ」とて、うち泣きて書く詞は、

この国に生れぬるとならば、[19]歎かせ奉らぬ程まで侍るべきを、過ぎ別れぬること、返す返す[20]本意なくこそ覚え侍れ。脱ぎ置く衣を、形見と見給へ。月の出でたらむ夜は、[21]見おこせ給へ。見棄て奉りてまかる、空よりも落ちぬべき心地する。

と書き置く。

天人の中に持たせたる箱あり。[22]天の羽衣入れり。又、あるは不死の薬入れり。一人の天人いふ、「壺なる御薬[23]奉れ。穢き所のもの[24]きこしめしたれば、御心地悪しからむものぞ」とて、持て寄りたれば、わづ

一四　引き留めることもできそうもないので。
一五　私とても。
一六　本心からではなく、こうして帰ってゆくのですから。
一七　こんなに悲しいのに、どうしてお見送りなどできようか。
一八　一緒に連れて行って下さい。
一九　私がいなくなってもお嘆きにならない時まで、お側にお仕えいたすべきですのに。
二〇　残念に存じます。
二一　こちら（＝月）を御覧になって下さい。
二二　天人の着る衣裳。
二三　召し上がれ。
二四　召し上がったので。

か嘗め給ひて、少し形見とて、脱ぎ置く衣に包まむとすれば、ある天人包ませず。[一]御衣を取り出でて著せむとす。その時にかぐや姫、「暫し待て」といふ。「[二]衣著せつる人は心異になるなりといふ。物一言いひおくべき事ありけり」といひて文書く。天人、「遅し」と心もとながり給ふ。かぐや姫、「物知らぬことな宣給ひそ」[三]とて、いみじく静かに、[四]朝廷に御文奉り給ふ。あわてぬ様なり。

かく数多の人を賜ひて留めさせ給へど、許さぬ迎へ[五]まうで来て、取り率て罷りぬれば、口惜しく悲しきこと。宮仕へ仕うまつらずなりぬるも、[六]かく煩はしき身にて侍れば。心得ず思し召されつらめども[七]。[八]心強く承らずなりにしこと、なめげなる者[九]に思し召し止められぬるなむ、心に留まり侍りぬる。

とて、

[一〇]いまはとて天の羽衣着る折ぞ君をあはれと思ひ出でける

とて、壺の薬添へて、頭中将を呼び寄せて奉らす。中将に、天人取りて伝ふ。中将取りつれば、ふと天の羽衣うち著せ奉りつれば、翁をいとほし、かなしと思しつる事も失せぬ。この衣著つる人は、物思ひな

一　天の羽衣。
二　天の羽衣を着せられた人は、人間と違う心を持つようになるといいます。
三　情け知らずなことをおっしゃいますな。
四　帝。
五　人間の世界に留まることを許さない迎え。
六　このように面倒でままならない身の上。
七　なぜ宮仕えしないのか納得が行かずに。
八　強情に帝のお言葉に従わないことになってしまいましたことを。
九　無礼な者。
一〇　今は最後と天の羽衣を着るこの時になって、帝を慕わしく思う気持ちがしみじみと胸にあふれて参ります。

くなりにければ、車に乗りて百人ばかり天人具して昇りぬ。

その後、翁嫗、血の涙を流して惑へどかひなし。あの書きおきし文を読み聞かせけれど、「[11]何せむにか命も惜しからむ。[12]誰が為にか。何事も益なし」とて、薬も食はず、やがて起きもあがらで病み臥せり。中将、人々引き具して帰り参りて、かぐや姫を[13]え戦ひ留めずなりぬる事、こまごまと奏す。薬の壺に御文添へ、参らす。ひろげて御覧じて、[14]いといたくあはれがらせ給ひて、[15]物も聞し召さず、御遊などもなかりけり。大臣上達部を召して、帝「何れの山か、天に近き」と問はせ給ふに、ある人奏す、「駿河の国にあるなる山なむ、この都も近く、天も近く侍る」と奏す。これを聞かせ給ひて、

[16]あふことも涙に浮ぶわが身には死なぬ薬も何にかはせむ

かの奉る不死の薬に、又、文壺具して御使に賜はす。勅使には、調のいはがさといふ人を召して、駿河の国にあなる山の頂に持て行くべきよし仰せ給ふ。嶺にてすべきやう教へさせ給ふ。御文、不死の薬の壺ならべて、火をつけてもやすべき由仰せ給ふ。その由承りて、兵ども数多具して山へ登りけるよりなむ、その山を[17]ふじの山とは名づけける。

一一　何のために、命も惜しかろうか。命を惜しむかいもない。
一二　誰のために、生きながらえるというんだ。
一三　天人と戦って引き止めることができなかった事の次第。
一四　しみじみとした気持ちになられて。
一五　お食事も召し上がらない。
一六　かぐや姫に会うこともないので、その悲しみの涙に浮かぶほどである私にとって、不死の薬も何の意味もないことだ。
一七　富士山。たくさんの兵士、士に富む山というしゃれ。不死の薬を燃やした「不死の山」というしゃれをかわした面白さがある。

その煙(けぶり)、いまだ雲の中(なか)へたち昇るとぞいひ伝へたる。

竹取物語

星 新一＝訳

角川文庫 15242

昭和六十二年八月 十 日 初 版 発 行
平成 二十 年七月二十五日 改版初版発行

発行者―井上伸一郎
発行所―株式会社角川書店
東京都千代田区富士見二―十三―三
電話・編集 (〇三)三二三八―八五五五
〒一〇二―八〇七八
発売元―株式会社角川グループパブリッシング
東京都千代田区富士見二―十三―三
電話・営業 (〇三)三二三八―八五二一
〒一〇二―八一七七
http://www.kadokawa.co.jp
印刷所―暁印刷 製本所―BBC
装幀者―杉浦康平

定価はカバーに明記してあります。

ほ 3-10 ISBN978-4-04-130325-2 C0193

角川文庫発刊に際して

角川源義

第二次世界大戦の敗北は、軍事力の敗北であった以上に、私たちの若い文化力の敗退であった。私たちの文化が戦争に対して如何に無力であり、単なるあだ花に過ぎなかったかを、私たちは身を以て体験し痛感した。西洋近代文化の摂取にとって、明治以後八十年の歳月は決して短かすぎたとは言えない。にもかかわらず、近代文化の伝統を確立し、自由な批判と柔軟な良識に富む文化層として自らを形成することに私たちは失敗して来た。そしてこれは、各層への文化の普及滲透を任務とする出版人の責任でもあった。

一九四五年以来、私たちは再び振出しに戻り、第一歩から踏み出すことを余儀なくされた。これは大きな不幸ではあるが、反面、これまでの混沌・未熟・歪曲の中にあった我が国の文化に秩序と確たる基礎を齎らすためには絶好の機会でもある。角川書店は、このような祖国の文化的危機にあたり、微力をも顧みず再建の礎石たるべき抱負と決意とをもって出発したが、ここに創立以来の念願を果すべく角川文庫を発刊する。これまで刊行されたあらゆる全集叢書文庫類の長所と短所とを検討し、古今東西の不朽の典籍を、良心的編集のもとに、廉価に、そして書架にふさわしい美本として、多くのひとびとに提供しようとする。しかし私たちは徒らに百科全書的な知識のジレッタントを作ることを目的とせず、あくまで祖国の文化に秩序と再建への道を示し、この文庫を角川書店の栄ある事業として、今後永久に継続発展せしめ、学芸と教養との殿堂として大成せんことを期したい。多くの読書子の愛情ある忠言と支持とによって、この希望と抱負とを完遂せしめられんことを願う。

一九四九年五月三日